旅のつばくろ

沢木耕太郎

新潮社

目次

旅のつばくろ

つばくろ【燕】

つばくらめから転じたもので、つばめの意。詩人の日《ひ》夏《なつ》耿《こう》之《の》介《すけ》の句に「つじかぜやつばめつばくろつばくらめ」がある。春の季語。

夢の旅

ある時期までの日本では、ハワイへの旅が「夢の旅」の代名詞になっていた。私も少年時代、テレビの番組で「クイズを当てて夢のハワイに行きましょう」という司会者の言葉を何の違和感もなく受け止めていた記憶がある。

現代では、たとえどんなに遠くであっても行って行かれないことはなくなってきたという意味において、「夢の旅」というものが存在しにくくなっているように思える。とすれば、現代の「夢の旅」は空間ではなく、時間を超えた旅、過去への旅ということになるのだろうか。

かつて私の「夢の旅」は、ヴェトナム戦争時のサイゴンと、一九三〇年代のベルリンと、昭和十年代の上海に長期滞在する、というものだった。どの街も爛熟した妖しい雰囲気を持った土地のように思えたからだが、もちろんタイムマシーンにでも乗らなければ行くことはできない。その意味で、まさに正真正銘の「夢の旅」だったのだ。

しかし、もう少し現実的な「夢の旅」がないわけではない。

いつだったか、偶然つけたテレビで、壁に貼った日本地図に向かってダーツを投げ、突き刺さったところに取材に向かうという番組を放送していた。それを見た瞬間、これぞ私にとっての「夢の旅」だと思った。

私は旅をするとき、出発する前にどこをどう回るかなどということを事細かく調べたりしない。多くの場合、乗る飛行機や列車がかなりいい加減なら、泊まるホテルも行き当たりばったりだったりする。

そんな私でも、さすがに目的地を決めないで旅をすることはない。いつだったか、井上陽水と話をしていて、成田空港に着いてから、さあ、どこに行こうか考えることがあると聞いて驚愕した覚えがある。もっとも、そんなことをするには、ノーマル運賃の航空券を難無く買える資力が必要だが、たとえその資力があっても、私にはできないかもしれない。やはり、目的地を決めてから、成田空港に行き、あるいは東京駅に向かうだろう。だから、私の眼には、ダーツを投げて、突き刺さったところに行くというのが実に魅力的に映ったのだ。しかし、魅力的だが、なかなか実行できるものではない。

ところが、あるとき、ほとんどそれに近い旅をすることになった。

私は四人の元ボクサーが主人公の小説を書いていて、そのひとりの出身地をどこにしようかと考えながら日本地図を眺めていた。どこでもよかったのだが、北海道から東北、関東と地図を眺めているうちに、ふっと眼に留まった地名がある。

遊佐

山形県の日本海に面したところにある町だ。

私の眼に留まった理由は二つある。ひとつは、何と言ってもその字が美しいことである。軽やかで楽しげでスマートだ。もうひとつは、かつて私が一九三六年のベルリン・オリンピックについて調べたとき、日本選手団の中に、この珍しい字を姓に持った人が二人もいて強く印象に残っていたということがあった。水泳選手の遊佐正憲《まさのり》と馬術監督だった遊佐幸平の二人である。

人の姓ではユサであるのに対し、山形の町はユザと発音するらしい。どちらにしても、小説の登場人物の出身地としては悪くないところのような気がする。そこで私はその登場人物の出身地を遊佐とすることにした。まさに投げたダーツが突き刺さったところに行くというのと大して変わらない選び方で、登場人物の出身地を選んでしまったのだ。

だが、そう決めたあとで、この遊佐がどのような町なのかということが気になりはじめた。行ってみないことには、どういう町なのかわからない。仮にその町の描写が出てこなくても、実際に知っているのと知らないのとでは大きな違いが生まれてしまう。

そこで、春のある日、その遊佐に行ってみることにした。

泊まったのは、現地の方が紹介してくれた、かつての町営宿泊施設である。民宿に毛の生えたものだろうと思っていると、七階建てのホテル並みのもので、しかも当時は一泊朝食付きで四千円台という驚くべき安さだった。そればかりでなく、周辺の「風光」

も「明媚《めいび》」で、最上階にある食堂からはきらめくような日本海が見え、反対側には雪を頂く鳥海山がそびえている。

帰りは、無人の木造駅舎から三両編成の短い列車に乗って酒田まで出ることになったが、その朝の列車では、車窓から広い田圃《たんぼ》の向こうに鳥海山の全容が見えた。

最も心を動かされたのは、朝日を浴びた鳥海山が、どこまでも続く田植え直後の田圃の水に映っていたことだった。まるで双子のような二つの鳥海山を見ながら、私の最初の「ダーツの旅」が予想以上にすばらしいものになったことを喜んだ。

縁、というもの

縁、というものがある。

眼には見えないが強く存在する何らかの関わり、というような意味と私は理解している。

この縁、人と人とを結びつけるものを指すことが多いが、地縁というように人と土地との間にも確かに存在するような気がする。

生まれ育った土地に縁があるのはもちろんだが、単なる旅先の土地であっても、そこに縁を感じたり、縁が生まれたりすることがある。

東京で生まれ育った私には宮城というところに特別の縁はなかった。だが、私の三十代の終わりの頃、ひとつの縁が生まれた。

当時、文藝春秋という出版社が文化講演会なるものを行っていた。教育委員会とか農協といった地元の受け入れ先の要請に従って、日本全国に作家を「派遣」し、講演会を開くのだ。

あるとき、文藝春秋で私を担当してくれている編集者から電話があった。近く宮城の築館《つきだて》町で行われる予定の文化講演会に行ってくれないかという。

私は、あまり講演というものを好まない。人前で話すのがいやというのではない。講演の約束をして、何カ月も先の予定が決まってしまうのが苦痛なのだ。決まってしまうと、その月のその日は絶対にその地にいなくてはならなくなる。約束さえしていなければ、どこに行こうが、どこにいようが、私には無限の自由があるはずなのに。

だが、担当編集者氏によれば、その依頼は作家の吉村昭氏からのものであるという。

文化講演会は二人か三人が一組で行くことになっている。その宮城の文化講演会は、吉村氏がメイン・スピーカーであり、その前座に誰をつけようかということだったらしい。それについて、吉村氏が私の名を挙げてくれたということのようだった。

私は吉村氏とは面識がなかったが、『戦艦武蔵』という傑作を書いた先達として、深い尊敬の念を抱いているということは文章に書いていた。恐らくは、それを眼にしてくれていたのだろう。

築館町の講演会は夜で、私の出番が終わり、吉村氏の話が始まっていた。

私は楽屋で話を聞いていたが、そこに私の読者だという男性が係の人に案内されてやって来た。手には風呂敷を持ち、私の著作が包まれていた。

サインをしていただけないかという。喜んでと応じて開いてみると、どれもすべて初版である。私はこのような土地にこのように熱心な読者がいるということに感動し、感謝したくなった。

聞けば、近くの一迫《いちはさま》町で寿司屋をやっているが、今夜はこの講演会のために店を閉めて来たのだという。

「今度この近くに来たらうかがいます」

私がその「今度」はないかもしれないと思いつつ、社交辞令に近い言葉を述べると、私と同じ年齢だというその男性が言った。

「もしよかったら、これから店を開けますから、おいでになりませんか」

この講演会が終わったあとは、吉村氏を含めた地元関係者との「懇親会」がある。さすがに無理だろうと思い、婉曲《えんきょく》に断った。

やがて吉村氏の講演が終わり、近くの料理屋で打ち上げ風の「懇親会」が始まった。乾杯のセレモニーが終わったところで、私は隣の主賓席に座っている吉村氏にふと先の読者のことを話してみる気になった。奇特な読者がいたのですよ、と。

すると、吉村氏が言ったのだ。

「それなら、すぐにその店にいらっしゃい。ここにいる必要はありません。そういう読者こそ大事にしなくてはなりませんからね」

私は貰った名刺に電話を掛け、タクシーを飛ばし、その寿司屋に急行した。

そこは男性が奥さんと二人でやっている店だったが、私のために店を開け、待ってくれていた。

その夜は、寿司だけでなく、男性自慢の料理と酒を御馳走になるという夢のような時間を過ごしたあと、日付が変わった深夜に宿に帰った。

以後、宮城に住むその男性とは現在に至るまで往来を続けている。

ただ、その後、彼は、同じ宮城でも、一迫町から仙台の市内に進出し、独特の料理を供する和食屋を開くことに成功する。

先日、盛岡に行く途中、仙台で下車して彼の店に寄ったとき、亡くなった吉村氏を偲《しの》んで献盃した。もし、吉村氏の一言がなかったら、私と宮城との縁だけでなく、私と彼との二人の縁も、ここまで続かなかっただろうからだ。

もちろん、飲んだのは宮城の酒だった。

贅沢の効用

そのとき、私にはとても珍しいことだったが、岩手の花巻でタクシーに乗っていた。タクシーに乗るのがどうして珍しいことなのか?

私は浪費家でもないが、吝嗇家《りんしょくか》、すなわちケチというのでもないと思う。財布というものを持ったことのない私は、あればあるだけの金をポケットに突っ込み、ほとんど無造作に使い切ってしまう。要するに金の使い方に関してはかなり無頓着な方なのだ。

しかし、タクシーに使う金に関してだけは別である。臆病、と言ってもいい。

もっとも、つい最近まで、銀座や新宿の酒場で夜遅くまで飲み、家にタクシーで帰るなどということを日常的に続けていたが、そのときのタクシー代をもったいないと思ったことはない。臆病になってしまうのは、旅先に限るのだ。旅に出ると、ついタクシーを使うのを躊躇《ちゅうちょ》してしまう。

その臆病さは若い頃の貧乏旅行の体験に根差している。一日でも長く旅を続けるため、一ドル、いや一セントさえも惜しみ惜しみ使わなくてはならなかった。そのような貧乏旅行では、タクシーを使うなどということはよほどのことがないかぎりありえなかった。常に歩くか、公共の交通機関を使うかして、金を倹約しつづけていた。

それから年月が過ぎ、いくらか旅費に余裕が持てるようになっても、旅に出ると、どうしても金を倹約したくなってしまう。タクシーに乗る前に、まずは歩こうと考え、次にバスはないかと探してしまう。

その私が、花巻においてタクシーに乗るというだけでなく、一時間も借り切るなどということかつてないことをしたのはどうしてか。花巻で生まれ育った宮沢賢治にゆかりの場所を短時間で巡ってもらおうとしていたのだ。

実は、私はつい最近まで、ほとんど宮沢賢治を読んだことがなかった。宮沢賢治に独特な言葉遣いがなんとなく苦手だったのだ。

ところが、最近、盛岡に用事ができ、二、三日滞在しては帰ってくるということを繰り返すようになった。用事そのものは午後の早い時間で終わるため、夕方以降が暇になる。その時間をぼんやり過ごすようになって、宮沢賢治の作品を読むようになった。本は、その舞台になった土地で読むと、不思議なほど理解が深くなるということがある。盛岡は宮沢賢治の学びの土地だが、ある日の午後、ふと、宮沢賢治の生地である花巻に行ってみようかなという気持が起きた。

花巻駅に着くとタクシーを呼んだ。私の若い友人が、花巻には宮沢賢治ゆかりの場所を巡ってくれるタクシーがあると話していたのを思い出したからだ。私は旅先におけるタクシー恐怖症を克服すべく、まさに三百三十八メートルのマカオタワーの上からバンジージャンプでもするような気持で、タクシーの時間借りをすることにした。

来てくれたタクシーの運転手は、意外にも初老に近い女性で、宮沢賢治にまつわる「名所」に手際よく連れて行ってくれてはガイドのような名調子で説明してくれる。おかげで花巻という地名の由来も、花巻における宮沢という名の家の重みも、よくわかってきた。

しかし、こういう旅の仕方に慣れていない私には、なんとなく面白みがなく、やはり自分の足で歩いたり、バスに乗ったりしなくては駄目なのだなと後悔しかかっていた。

女性の運転手は、最後に、少し遠回りして県立花巻農業高校に案内してくれた。そこはかつて宮沢賢治が教鞭を執っていた花巻農学校の後身の学校だが、彼女が案内してくれたのは、その校庭の片隅に移築された宮沢賢治の住居だった。

その家では、宮沢賢治の最愛の妹であり、最大の理解者でもあった妹のトシが、死ぬ前にも滞在して結核の療養をしていたという。宮沢賢治はトシが息を引き取ると、それを深く悲しみ、「永訣《えいけつ》の朝」という詩を書く。

あぁあのとざされた病室の
くらいびょうぶやかやのなかに
やさしくあおじろく燃えている
わたくしのけなげないもうとよ

私は夕暮れの淡い陽光に照らされた古い民家の前にたたずみながら、これが宮沢賢治が住んでいた家だったのか、これがトシを看病していた家だったのかと、心の奥でひとりつぶやきつづけていた。

たぶん、ひとりで気ままに動いていれば、観光客にとってあまりアクセスがいいとは言えないこの地に来ることはなかっただろう。貸し切りのタクシーに乗って運転手に行き先を委ねるという、私にとって前代未聞の行動を取ったおかげでここに来ることができた。

私は、その「ちょっとした贅沢」が導いてくれた思いがけない風景との遭遇に、感謝したくなった。

近くても遠いところ

私が東京の小学生だった昭和三十年代、家族旅行はあまり一般的なものではなかったように思う。家族そろっての行楽という習慣がなかったということもあるが、どんな家も経済的にさほどの余裕がなかったのだ。

だから、学校で行楽地に行くことのできる遠足は子供たちにとって大きなイベントだった。何円までという制約の中で、おやつにどの菓子を買って持っていくか。母親の作ってくれる弁当が何なのか。前日から多くの楽しみと期待に満ちていた。

そのようにして、私も東京近郊のさまざまな観光地に行ったものだった。

高尾山、江の島、鎌倉の大仏、鋸山《のこぎりやま》……。

しかし、不思議なことに、そうした観光地は成人してからほとんど行くことのないところになっている。

その意味では、本来、「奥多摩湖」も同じ運命の場所であるはずだった。

ところが、その湖のほとりに登山家の山野井泰史《やまのいやすし》と妙子の夫妻が住んでいることから、私は、何度というより、何十度も赴くことになった。山野井夫妻が挑戦し、生死の境をさ迷ったヒマラヤのギャチュンカンという山の登山の話を聞くためである。

その揚げ句、標高六百メートルに満たない山である高尾山しか登ったことがなかった私が、二つ目の山として富士山に登り、三つ目の山としてギャチュンカンの五千五百メートル地点まで登るということになってしまったのだ。まさに、幼稚園児が飛び級をして大学院に進学してしまったかのように。


ところで。

山野井夫妻が住んでいる奥多摩湖畔の家だが、これが、私の住んでいる世田谷から行くとなると恐ろしく遠い。遠足で奥多摩湖に行ったときは観光バスだったので、それが同じ東京都でもどれほど遠いかということが実感的にはわからなかった。しかし、電車で行くとなると、仙台に行くより時間がかかってしまうのだ。

まず、最寄りの私鉄駅から渋谷まで出る。渋谷からは山手線に乗って新宿へ行き、中央線に乗り換えて立川へ向かう。さらに立川からは青梅《おうめ》線に乗るのだが、平日の日中は奥多摩まで行かず、青梅で乗り換えなくてはならない。そして、その電車で終点まで乗っていくと、ようやく奥多摩湖のある奥多摩駅に辿り着くことになる。

駅には夫妻のどちらかが車で待っていてくれ、奥多摩湖畔の高台にある家まで二十分ほどかけて連れていってくれる。そこは質素な生活をしている夫妻が二万円で借りている家だが、春夏秋冬の美しい奥多摩湖の姿が一望できる。

それにしても、である。我が家を出てから山野井家の玄関で靴を脱ぐまで、優に三時間半はかかってしまう。往復七時間。これはもうひとつの「旅」というくらいのものである。それも実に長い旅。

しかし、この長い旅を、いつしか私は愛するようになっていた。とりわけ青梅から奥多摩までの、仮に私が「奥多摩線」と名づけた沿線の風景が、心に滲《し》みるようになってきたのだ。

人の流れと逆のせいか、午前中の車内には中高年の方たちがハイキングに行く姿が目立つ程度である。

必ず座っていける電車の外の景色は、季節ごとに変化する木々の姿が美しい。透き通るような青葉の季節もあれば、燃えるような紅葉の季節もある。そして、東京都心に少しの雪が降れば、そのあたりは深い雪に覆われていたりするし、逆によく晴れると、深い谷に架かった金属製の巨大な橋が陽光に照らされてキラキラ輝いていたりもする。私は奥多摩に向かうたびに、「東京への旅」をしているのだなという喜びを味わうことになった。


もっとも、この奥多摩湖、成り立ちは貯水用の人造湖でも、その周辺にはやはり人間を撥《は》ねつける自然が残されている。

山野井氏も数年前、山道をランニングしている途中、カーブしたところでばったり子連れの母熊に出会い、襲われたことがある。

のちにその山道に案内してもらったが、ここで熊に出会ったら絶体絶命だろうと思われる断崖の細い道だった。崖に押しつけられるようにして顔を噛みつかれたが、辛うじて逃げることができ、生還した。

見舞いに行くと、第一声は「とんだ災難だった」というものだった。しかし、それは顔面を七十針も縫わなくてはならなかった自分にとっての災難ではなく、母熊にとっての災難だという。うっかり自分などと出会ってしまったために、猟友会の人たちに追い回されるようなことになってしまったからというのだ。

その熊の存在は、この東京にも残っている、野性ならぬ、野生の証明でもあるが、山野井氏の生還に至るまでの話を聞いていると、なんだか楽しいことのような気がしてくるから不思議だ。

季節もよし。これから久しぶりに奥多摩湖への「旅」に出かけることにしようか。山野井氏の好きなあのケーキ店のチョコレートケーキでも持って。

皮膚が変わる

二十代の頃、アジアからヨーロッパに向けて陸路の旅をしているとき、まれにではあったがヒッピーにとってのオアシスのような町で日本人とすれ違うことがあった。するとそれぞれが持っている日本語の本を交換したあとで、決まって、日本に帰ったら最初に何を食べたいか、何をしたいかというような話をすることになった。

食べたいものは実にさまざまだったが、何をしたいかということになると、かなり共通して「温泉に行きたい」という言葉が聞かれたものだった。

私には温泉に対してさほど強い思い入れはなかったが、何人もの口からそんな言葉を聞いているうちに、知らず知らずのうちに影響されてしまったのか、いつしか自分も「日本に帰ったらまず温泉に行ってみたい」などと口にするようになっていた。

しかし、それから一年後に日本に帰ってくると、そんなことはすっかり忘れ、温泉に入るためになどというまでもなく、温泉地に行くなどということはまったくなかった。

もちろん、何かの機会に温泉旅館に泊まることはあり、温泉に入ることもないではなかったが、特に何という感慨も抱かないまま数十年が過ぎていた。

ところが、新聞の連載小説の取材のため山形の遊佐に行き、たまたま泊まったかつての町営施設で、何の変哲もない温泉の湯船に入ると、自分でも思いがけないほど心地よくなってしまった。

誰もいない無人の湯船につかってぼんやりしていると、湯の温かさが体の芯まで滲み込んでくるような気がする。

そのときの感動を、私は『春に散る』という新聞小説の中で、ロサンゼルス暮らしを切り上げて日本に帰国した初老の男の感慨として次のように記すことになった。

《日本は災害の多い国だ。台風や大雨による洪水、土砂崩れ、地震に津波、そして火山の噴火。ロサンゼルスで日本のニュースを見聞きするたびに、世界にこれほど多種多様な自然災害に見舞われる国はないのではないかと思う。

しかし、そうした国であるからこそ、このようなところに簡単に町営の温泉施設が出現したりするのだ。災厄をもたらす自然が、恵みをもたらす自然ともなる。

たぶん温泉というのはただの熱い湯ではないのだろう。日本の地下のエネルギーが溜まった地の精のようなものが宿った魔法の水なのかもしれない……》

その遊佐への旅から帰った私は、温泉に入るためだけに温泉地に行ってみたいと思うようになり、まず近いところからということで箱根に向かうことにした。

箱根は東京の人間にとっては最も近い観光地のひとつであり、子供の頃の遠足や友人たちとの旅行などで何度か行ったことがあるが、温泉に入るために行ったことはなかった。

しかし、芦ノ湖畔の宿に泊まって温泉に入ると、泉質はまったく異なるものの、やはり遊佐で入ったときと似たような深い感動が押し寄せてきた。そして、思ったのだ。皮膚が変わったのかな、と。

若い頃から私はよく酒を飲んできた。出されれば、どんな酒でも、そしてどれだけ飲んでもほとんど酔うことがない。

だが、自分から進んで飲もうとしなかった酒が三種類ある。シャンパンとブランデーと日本酒だ。どうしてもそのおいしさがわからない。

そのことを話すと、馴染みの酒場の老バーテンが笑いながら言っていたものだった。

「大人になればその酒のおいしさがわかってきますよ」

もちろん、そのとき私は二十代から三十代に差しかかり、自分では充分に大人だと思っていたが、彼の眼にはまだまだ子供にしか映っていなかったのだろう。

しかし、それから膨大な歳月が過ぎ、大人という年齢をはるかに通り越してもさっぱりそのおいしさがわかってこない。だから、シャンパンとブランデーと日本酒だけは、たまたま出されたときしか飲むことはなかった。

ところが数年前、旅先の居酒屋で出された名も知らない日本酒を飲んだとき、初めておいしいなと思った。それ以来、恐る恐る飲みはじめると、やはり魚を中心とした日本の料理を食べるときには日本酒に勝るものはないことに気がつきはじめた。

私は何につけても「おくて」だが、味覚においても極め付きの「おくて」だったということになる。

齢をとると「舌が変わる」とかいう。だとすると、それと同じように、ようやく温泉に深く反応するようになった私の体は、あるいは「皮膚が変わった」とでもいったらいいのかもしれないと思ったりもする。

絵馬の向こう側

箱根に行ったときのことだった。

芦ノ湖畔の神社の境内で、深く考えさせられるものを眼にすることになった。

その日、温泉宿に早めに着いたものの、とりわけすることも思いつかなかった私は、近くにある箱根神社に行ってみることにした。

何十年か前に訪れたことはあったが、それ以来、ご無沙汰つづきだった。

湖から続く参道の途中にある大きな鳥居をくぐり、長い石段を昇って本殿まで上がると参拝する人が大勢いる。かつてはそれほど人の気配がなかったような記憶があるが、平日だというのに驚くべき人の数だった。しかも、外国人がとても多い。欧米人も少なくないが、東アジアからの旅行客が圧倒的で、あちらこちらから中国語や韓国語が聞こえてくる。いや、それ以外にも、いくらか浅黒い皮膚の旅行客の中にはタイ語らしい言葉を話す人たちもいる。

日本の若者たちが外国旅行をしなくなったと言われて久しい。それもあって、私のような者にまで、もっと外国を旅せよという「檄《げき》」を飛ばしてもらえないかといった依頼が届くようになった。

だが、申し訳ないけれどと、そうした依頼はすべて断ることにしている。

ひとつには、私も若いとき、年長者の偉そうな「叱咤」や「激励」が鬱陶しいものと思えていた。だから、自分が齢を取っても、絶対に若者たちに対するメッセージなどを発しないようにしようと心に決めたということがある。

もうひとつ、旅への関心にはさまざまな段階があると思えるのだ。近いところから、少しずつ遠いところに関心が向かっていくというのも珍しいことではない。たとえ、いまは日本国内に留まっていても、何かのきっかけがありさえすれば、いつか異国への関心が芽生えるだろう。それが若いときに芽生える人もいれば、年を重ねてからの人もいるはずだ。その関心が生まれるまでは、心ゆくまで日本国内を旅すればいいのだ。そう思っていた。

だから、若いうちにパスポートを取れ、外国を旅せよ、などという「檄」を飛ばしたことは一度もなかった。

しかし、箱根神社の境内を歩いているうちに、果たして私のその考えは正しいものなのだろうかと、少し不安になってきてしまったのだ。


私が箱根神社の境内で驚いたのは外国からの旅行客の数が多いということばかりではなかった。

箱根神社には、本殿の脇に絵馬を吊るしておくエリアがあり、多くの人が願い事を書き込んでは吊り下げている。文字から受ける印象では、多くが若い人たちの手によるものだということがうかがえる。

その中に、意外なことに、多くの外国語のものが混ざっている。英語、中国語、韓国語、タイ語。彼らは、ただ日本の神社を訪れて「見物」するだけでなく、日本人と同じように絵馬に願い事を書いて吊るすというところまでやる観光客だったのだ。

そして、私が本当に驚いたのは絵馬に書かれたその願い事だった。

日本の若者が絵馬に書いているのは、ほとんどが「合格祈願」や「恋愛成就」や「病気回復」といった、自分か、家族か、せいぜい友人のための願い事だった。

ところが、外国人が書いたと思われるものの中には、明らかにそれとは異なる趣のものが少なくなかったのだ。

たとえば、それは「世界の平和」を祈るものだったり、「中日友好」を願うものだったり、「ツナミに負けるな」という励ましだったりする。彼らの視線は明らかに世界や異国に向けられていた。


旅だけでなく、何事においても日本の若者が内向きになりすぎているということについて、批判的な意見が述べられるようになって何年にもなる。

それについても、私は特に気にすることはないと思っていた。旅と同じように、内に向かっていた眼もいつか外に向かうだろう。私のように外にばかり向いていた眼がいつか内に向くことがあるようにと。

しかし、この箱根神社の絵馬の「願い事」に表れた、日本の若者と外国の若者たちとの意識の差には、ちょっとした危機感を覚えないではいられなかった。本当に、日本の若者の眼がいつか外に向くことはあるのだろうか、と。いや、このままでは内に向く眼も弱まってしまうのではないか、と。

朝日と夕日

朝日が好きかと問われると、はて、と考え込んでしまう。

もちろん、朝日といっても新聞ではなく、夜明けに昇る太陽のことである。嫌いではないが、さほど好きというのではないかもしれない。とりわけ、それが、夕日と比べてどちらが好きかという問いを含んでいるときは、はっきりと夕日の方が好きだと答えるような気がする。

私は集合住宅の比較的高い階に住み、歩いて四十分ほど離れたところにある集合住宅の、やはり高層の階にある仕事場まで通っている。家で朝日が昇るのを見て仕事場に向かい、仕事場で夕日が沈むのを見て家に帰る。

本来、東京では、朝日は東京湾のあたりから昇るのだろうが、残念ながら我が家からは周囲の背の高い建物に遮られて海から昇ってくる朝日を見ることはできない。もうすでに明るさを増し、オレンジ色というよりは、白に近づいた黄色の強い光を持った朝日が、ビルの背後から昇ってくる姿しか見ることができないのだ。

しかし、夕日は、幸運なことに仕事場の周囲にあまり高い建物が建っていないため、天気に恵まれると富士山に沈む太陽をじっくり眺めることができる。

もっとも、季節によって、沈む場所は変化するので、正確には富士山ではなく、丹沢山塊のどこかに沈むと言わなくてはならないのだろうが、私にとっては、富士山に沈んでいくのが夕日なのだ。

太陽が西の空を赤く染めながら沈んでいき、すっかり沈み切ると富士山を少しずつ黒いシルエットに変えていく。その黄昏《たそがれ》のプロセスは、何度見ても溜め息が出そうなほど美しい。

だからというわけでもないのだろうが、やはり私は朝日より夕日の方に心を動かされるタイプのように思える。

もしかしたら、人は太陽が昇るのを見ることが好きな人と沈むところを見る方が好きな人に分かれるのかもしれない。いや、同じ人でも、そのときの心理状態の違いによって、朝日と夕日の、心に滲み入ってくる度合いは変わってくるのかもしれないとも思う。しかし、私に限っては、常に朝日ではなく夕日に、より深く心を動かされるタイプであるような気がする。

それは必ずしも私が齢を取ってきたからというのではないだろう。間違いなく、夕日には遠い過去の悲しみを思い起こさせる魔的な力がある。しかし、私は、さして多くの「過去の悲しみ」を持っていなかったはずの少年の頃から、夕日を見るたびに胸が締めつけられるような思いをすることが多かったのだ。

少年時代のことを思い出すと、決まって、放課後、学校の近くの原っぱで友達と野球をしたあと、みんなの家とは少し離れていたためひとりで帰っていた川沿いの道が浮かんでくる。そのとき、少年の私は、その道を歩きながら、傾きかかった夕日の光の中で、理由もなく胸が痛くなるほどの物悲しさに襲われていたものだった。

数年前、「トワイライトエクスプレス」と名付けられた列車に乗ったことがある。大阪から札幌まで一晩かけて走るのだ。大阪を昼頃に発つと、翌日の午前中には札幌に到着する。すると、必然的に、列車の中で日の入りと日の出の時間を迎えることになる。

その日没の時間は季節によって異なるのだろうが、私が乗ったときは新潟の海岸線のどこかで遭遇することになった。つまり、その列車の乗客は日本海に沈む夕日が見られたことになる。

一方、日の出は、函館本線の内浦湾のあたりであり、朝日が太平洋から昇ってくることになる。

雲は多かったが、かろうじて晴れていたため、私が乗った列車の乗客は、その夕日と朝日を共に眺めることができた。海に沈む夕日と海から昇る朝日。小さな島でもないかぎり、日本においてはそれを続けざまに見られる陸地はあまりないはずだ。

かつて私が「続けざま」に海に落ちる夕日と海から昇る朝日を見ることができたのはポルトガルでのことだった。

長い旅の果てにイベリア半島のほぼ最西南端に位置するサグレスというところに辿り着いたが、たまたまその岬が大西洋に突き出るような形をしているため、海に沈む夕日と海から昇る朝日を夕方から夜明けにかけて連続的に見ることができたのだ。

その旅から三十数年後に、私は海に沈む夕日と海から昇る朝日を続けざまに見ることになった。日本でそんなことができたのも列車に乗っているおかげであり、とても贅沢なことをしているという実感があった。

しかし、やはりそのときも、私は太平洋から昇る朝日よりも日本海に沈む夕日の方により深く心が動かされたものだった。薄明かりの中を静かに落ちていくだけの、少しもドラマチックなところのない夕日だったにもかかわらず。

点と線と面

点と線と面。

そう書いたからといって、別に数学の幾何の話をしようとしているわけではない。

ふと、小さな地図を広げてみると、それが日本地図であれ世界地図であれ、自分が意外に多くの都市を訪れていることにあらためて驚かされる。日本地図なら、県庁所在地はもちろん、その都道府県の第二の都市くらいまでは行っているし、世界地図なら、各国の首都とそれ以外の主要都市もかなりの数まで訪れているように思われる。

しかし、いくら訪れたことがあるといっても、その土地について「知っている」とまでは言えない。なぜなら、多くが移動の旅であり、一カ所に滞在したとしても長くて二、三カ月にすぎず、点としてそこを知っているだけで面としてそこを知っているわけではないからだ。

私が面としてその土地を知っているのは生まれ育った東京の一部だけかもしれない。たとえば、ある子供が、自分の住んでいる家というひとつの「点」から、もうひとつの「点」である学校に通うとすると、そこに一本の「線」が引かれることになる。放課後、その学校から遊び場である近くの公園に寄るとすると、点と点を結ぶもう一本の線が引かれる。そのようにして引かれることになった無数の線が交錯して「面」ができるようになる。人はそれによって面として知る土地ができていくことになるのだが、私にとって、そのような土地は東京にしか存在していない。

もし「田舎」というものがあれば、そこがもうひとつの面としての土地になりうるはずだが、残念なことに私の家は三代さかのぼっても東京暮らしのため、「田舎」というものが存在しない。

人生のうちで、面として知っている土地をいくつくらい持っているか。それは人生の豊かさということに直結しているような気がする。東京以外に面として知っている土地をほとんど持たない私は、ある意味で貧しい人生を送ってきたと言えなくもないのだ。

しかし、その私にも、東京以外に、面に近い感覚を持てる土地がひとつだけある。

まだ子供が生まれていなかった頃、妻と二人で八ヶ岳南麓にあるペンションに行ったことがある。新聞社に勤める知人が、大人のためのペンションなので泊まってみるといい、と勧めてくれたのだ。その言葉のとおり、夫婦二人と二匹の犬がいるだけの静かな宿だった。

夜、その談話室でひとりの若い歯科医と知り合った。ペンションのオーナー夫人のために小淵沢《こぶちざわ》からわざわざ往診に来ていたのだ。

歯科医の往診とは珍しいが、その歯科医にはそれを苦と思わないフットワークの軽さとサービス精神があるようだった。

ついでがあったら寄ってくれという言葉に甘えて彼の診療所がある小淵沢に行くと、わざわざ時間を割いて周辺を案内してくれた。

以後、その歯科医と親しく付き合うようになり、たびたび小淵沢を訪れるようになった。やがて私に娘が生まれると、近所の子供や知り合いの子供たちと一緒に、長い休みのたびに小淵沢に連れて行くようになった。

それによって小淵沢は「田舎」のない娘にとっての一種の田舎のような土地になった。いや、同じく田舎のない私にとっても、田舎のようなものになっていったのだ。

その結果、小淵沢という町に、点と線だけでなく面として知る土地の感覚が生まれるようになった。


小淵沢に行くと、不思議な懐かしさを覚え、心が落ち着くような気がする。

そこから見上げる八ヶ岳も、反対側から迫ってくるように見える南アルプスも、自分が幼い頃から見慣れている親しい風景のように思えてならない。

愛着が生まれ、育ち、いつの頃からかそのどこかに山小屋でも建てたいと考えるようになった。

すると、小淵沢で知り合った友人たちが、私の望みの小屋を建てるのに相応《ふさわ》しそうな土地を見つけてくれた。それは、小さいけれど美しい湖のほとりにあり、ここにこんな書庫と書斎を作れたら……などと無限に空想を広げることができるところだった。

しかし、最初に訪れてから四十年、土地が見つかってから二十年も経つ今にいたるまで山小屋は建っていない。

どうやらその夢想はついに夢のまま終わりそうな気がする。幻の山小屋は頭の中に建つだけで終わりそうな気がするのだ。

それもまた人生、よしとしよう。

だが、面としての土地がひとつ増えたということ、それは間違いなく私の人生を豊かにしてくれたと思う。

がんばれ、宇都宮線！

二年がかりの仕事が終わり、ほっと一息ついたとき、ぽっかりと暇な時間ができた。そんなとき、これまでだったら、外国に行こうと思ったことだろう。ところが、今回は日本国内を旅行してみたいと思った。

——さて、どこに行こう……。

考える間もなく、すぐに目的地は決まった。

青森の龍飛崎《たっぴざき》。

なぜ龍飛崎だったのか。それについては次の機会に詳しく述べさせてもらうことにして、とにかく私は龍飛崎に行くことにした。

出発の前日は雑用を片付けているうちに遅くなってしまい、仕事場に泊まらざるをえなくなってしまった。

翌朝は午前九時八分東京発の「はやぶさ」に乗らなくてはならない。午前二時過ぎ、六時半に目覚ましをかけて眠ったが、朝、ふと気がつくと、部屋の外から明るい光が入ってくる。時計を見ると、八時十五分前である。

しまった！　と、跳び起きた。顔を洗い、バナナを一本食べ、国内旅行用の小さなバックパックを担いで、仕事場を飛び出した。

それでも、最寄りの私鉄駅から渋谷駅に着いたときには八時三十五分になっている。これから東京駅に向かっても間に合わないかもしれない。

そのとき、大宮に行けば、と閃《ひらめ》いた。

インターネットのサイト上にある「路線情報」などでは、渋谷駅から東北方面の新幹線の駅への行き方を検索すると、必ず大宮からのものが提示される。埼京線を使って大宮から乗る方が早いらしいのだ。しかし、私は、やはりいつも東京駅から乗ることを選択してしまう。それは、私が埼京線に馴染みがないためだろうと思う。

東京に住んでいても、東京を走る電車の路線には馴染みの濃淡がある。とりわけ最近できたような線はつい敬遠してしまう。埼京線はできてからすでに三十年も経つらしいが、私にとっては少年時代になかったものはすべて「最近」の部類に属するのだ。

しかし、いまは馴染みがないからと敬遠しているときではない。すぐに決断し、山手線の外回りのホームに向かった。池袋で埼京線に乗り換え、大宮で「はやぶさ」を摑まえることにしたのだ。渋谷で埼京線に乗ってもいいのだろうが、渋谷の埼京線のホームは私が乗ってきた私鉄のホームからは恐ろしく離れている。池袋で乗り換えるというアイデアはインターネットで見かけた行き方だった。

山手線はすぐに来てくれ、意外に早く池袋に連れていってくれた。

埼京線のホームで待っていると、大宮行きの普通という電車が来ることになり、それに乗ろうと思ったとき、近くに駅員がいることに気がついた。

「大宮まではこれが一番早く着きますか」

念のため訊ねると、その中年の駅員さんは少し考えてから、こう答えた。

「このあと、向かいのホームに来る宇都宮線の方が早いです」

埼京線にはそれでも二、三度乗ったことがあるが、宇都宮線となるとどんな駅に停まるのかまるで見当もつかない。しかし、ここは賭けてみよう。私は埼京線をパスして宇都宮線を待つことにした。

ところが、その宇都宮線がなかなかやって来ない。結局、予定より四分ほど遅れて到着した。駅のアナウンスによれば、体調を悪くした乗客の対応をしていたため遅れたとのことだった。失敗したかな、と思ったが、もう取り返しはつかない。

しかし、宇都宮線に乗ってみると、なんとなく速い電車のような気がする。よくはわからないが、離れた線路を走っている他の電車を何本か抜かしていくようにも思える。

がんばれ、宇都宮線！

自分の乗っている電車を、こんなに声援したことはない。

その声援が届いたのか、大宮に着いたときには四分の遅れが三分になっていた。

私は構内の標示に従って新幹線乗り場に急いだ。最後の階段を昇りはじめたとき、ホームからのアナウンスが聞こえてきた。新青森行きの「はやぶさ」が入線するという。

それと同時に列車が停まる気配がする。

ようやく階段を昇り切ると……なんということか眼の前にはピンクの車体の「こまち」が停まっているではないか。それに乗ってしまうと連結している「はやぶさ」には移動できない。急いで「はやぶさ」の方に向かい、乗り込んで、しばらくするとスッとドアが閉まった。

自分の席を探して、そこに腰を下ろしたとき、まさに危機一髪で間に合ったことの喜びが湧いてきた。これから龍飛崎までの旅が始まろうとしているのに、もうすでにひとつの大きな旅をしたような達成感がある。ひとりでニヤニヤしているのを見て、きっと近くに座っている乗客はヘンな奴だと思ったことだろう。


それにしても。

あの宇都宮線が遅れを一分縮めてくれたおかげでなんとかこの「はやぶさ」に乗ることができたのだ。私はほとんど馴染みのない宇都宮線に感謝したくなった。

ありがとう、宇都宮線！

心の華やぎ

危うく乗り遅れるところだった午前九時八分東京発の「はやぶさ」になんとか乗ることができたが、なぜもう少し余裕の持てる時間の列車にしなかったのか。

ひとつには、その日のうちに龍飛崎に着いてしまいたいという思いがあったからだが、それだけだったらまだ一、二時間遅いものでもなんとかなったはずだった。私がその時刻の「はやぶさ」にどうしても乗りたかったのは、途中で寄りたいところがあったからなのだ。

それは青森から三厩《みんまや》に向かうＪＲ津軽線の途中にある蟹田《かにた》という駅だった。その蟹田駅に途中下車をし、二、三時間滞在するためには、どうしても午前九時八分東京発の「はやぶさ」に乗らなければならなかった。

蟹田は、別に「超」のつくような有名な観光名所があるわけでもない、どちらかと言えばごく普通の駅だ。しかし、もし太宰治《だざいおさむ》の読者で、とりわけ『津軽』を読んだことがある人なら、こう思うかもしれない。太宰治が戦時中に津軽に戻ったとき最初に訪れた土地だな、と。そう、太宰治は東京から青森に着くと、故郷の金木《かなぎ》ではなく、まず蟹田へ向かい、旧友と再会するのだ。

それがあってのことだろうか、蟹田の観瀾山《かんらんざん》という丘には太宰治の文学碑が建っているらしい。私はそこに行きたかったのだ。

それにしても、太宰治の熱烈な愛読者というのでもない私が、どうしてそのようなところを訪れようとしたのか。

この文学碑が建てられ、除幕式が行われたのは一九五六年の八月六日のことである。

その除幕式には、東京から招かれ、かつてその青春時代に太宰治ともつれるように生きていた作家の檀一雄《だんかずお》が出席した。そのとき、檀一雄はひとりではなく、若い女性の劇団員を伴っていた。

実は、そこから、のちに『火宅の人』を生み出すことになる「不倫」の日々が始まるのだ。

私は、かつて、その『火宅の人』の中で、暗く冷たい女性として描かれた夫人のヨソ子さんに一年近いインタヴューを重ね、『檀』という作品にまとめたことがある。ヨソ子さんは、その胸の奥に熱い思いを持ちながら、不器用にふるまうことの多かった美しい女性だった。

ヨソ子さんとは、檀一雄の故郷である柳川や、最晩年の住まいとなった福岡の能古島《のこのしま》にご一緒したことはあったが、さすがに蟹田までは行くことがなかった。だが、『火宅の人』の発端であり、ある意味で『檀』を成立させてくれることになった蟹田に、一度行ってみたいという思いが私にはあったのだ。

除幕式の日は雷鳴を伴った驟雨《しゅうう》に見舞われたりしたらしいが、私が訪れた七月中旬のその日は、前日までのぐずついた天気から解き放たれた見事な快晴だった。

私は蟹田駅で降りると、駅前の小さな市場の中にある食堂で「ホタテ定食」なるものを食べ、強い日差しの中を観瀾山を目指して歩いていった。

かなりの距離を歩くと、ようやくそれらしい丘が見えてきた。誰もいない長い石段の途中に神社があり、そこをさらに昇っていくと「蛇に注意」という看板が立っている。そこを通り過ぎてさらに昇って行くと、ふっと視界が開け、眼下に陸奥《むつ》湾の青い海と、蟹田の穏やかな町並みが見えてくる。そして、その崖の先端部分に太宰治の文学碑があった。

かれは人を喜ばせるのが何よりも好きであった

私は佐藤春夫の筆になるその碑文の前のベンチに座り、長い時間を過ごした。誰もおらず、聞こえるのは風の音と海鳥の鳴き声だけだ。海には陸奥湾を行き来する白いフェリーの船体が輝くように見える。

――すばらしいな。こんなに気持のいい時間を過ごすのは本当に久しぶりだ……。

しばらく息を詰めて机に向かうというような日々を過ごしていた私にとっては、まさにそれは「黄金の刻《とき》」だった。

檀一雄は、この蟹田行きを契機に、連れてきた劇団員の若い女性ともうひとつの文学的な青春を生き直すことになる。

作家には、たとえそれが「不倫」であれ、誰かに惹かれているという心の華やぎが精神を若返らせ、作品に艶《つや》を与えることがある。

たとえば、あの吉行淳之介《よしゆきじゅんのすけ》が死ぬまで「不倫」相手の宮城まり子に誠意を示しつづけたのは、あるとき自分の作品に生気を吹き込んでくれた人への感謝の念を持ちつづけたからではないかという気がする。

そして、それは、単に作家だけのことでもないような気がする。かりにその結果、家庭が「劫火《ごうか》」に焼かれることになろうと、心の華やぎは生きていることの確かな証しであるかもしれないからだ。

なんて、そんなことを書くと、やっぱりどこからか「不道徳な！」というようなお叱りを受けることになるのかもしれないけれど。

終着駅

なぜ龍飛崎だったのか。

それは高校一年の三学期が終わり、春休みに入った翌日だった。十六歳の私は、当時の「国鉄」が発行していた均一周遊券というチケットを手に、東北一周の旅に出た。所持金は三千円くらいだったと思う。

いくら今とは貨幣価値が違うとはいえ、さすがにその程度の金額で二週間近くを旅するのは無理があったはずだが、それでもできると少年に思わせてくれたのは、均一周遊券なるものが魔法のチケットだったからだ。東北周遊券は、東北のエリア内であれば、準急も急行も乗り放題であり、行ったり来たりも自由だった。当時は東北本線にも奥羽本線にも多くの夜行列車が走っており、それを使えば宿泊代が浮くと考えたのだ。

ガイドブックを買う余裕のなかった私は、小さな時刻表と簡単な地図を手に、気に入った名前の土地があるとそこに向かうという、かなり大雑把な旅をすることにしていた。

まず最初に、『奥の細道』の松尾芭蕉《ばしょう》とは逆に東北を右回りに回るべく、東北本線ではなく、奥羽本線で秋田に向かった。

その秋田における最初の目的地は男鹿《おが》半島の「寒風山《かんぷうざん》」という名前の山だった。そこでは、まだ雪が降り積もっているにもかかわらず、運動靴で歩いて足先が凍るような目に遭ったりもしたが、多くの人にさまざまな親切を受けることでなんとか登り降りすることができた。

次は津軽半島の「龍飛崎」という名前に惹かれ、青森に向かうことにした。

黒石を経由して青森に行き、津軽線に乗り換えて三厩に向かった。雪は降っていなかったが、線路の周囲にはまだ雪が残っており、いかにも北の果てに向かうという寒々しさがあった。

列車には行商のおばあさんたちが大勢乗っていた。リュックひとつで旅をしている少年の姿が珍しかったのか、盛んに話しかけてきてくれるが、何を言っているかわからない。本当にひとこともわからないのだ。そのときの津軽弁に対する「まったくわからない！」という絶望感は、のちに沖縄に行って石垣島のおばあさんたちと話したときに覚えた八重山《やえやま》方言に対する「まったくわからない！」という絶望感と双璧をなすものだった。

一駅ずつ青森から離れ、三厩に近づいて行くにつれ、心細くなってきた私は、自分はどんなところに連れて行かれてしまうのだろうという不安に苛《さいな》まれるようになった。そして、ついに、怖じ気づいた十六歳の私は、途中の駅で飛び降り、青森行きの列車を待って逆戻りしてしまったのだ。降りた駅がどこだったかは覚えていない。いずれにしても、蟹田までも行かなかったのではないかと思う。

そのひとり旅では、他にも行こうとして行かれなかったところは何カ所かあったが、このように怖じ気づいたために行かれなかったというのは龍飛崎だけだった。

以来、いつか龍飛崎に行きたいと思いつづけていた。しかし、思いつづけているうちに五十年が過ぎてしまった。

そこでこの夏、ふっと暇な時間ができた私は、その「いつか」を回収するために龍飛崎に向かうことにしたのだ。

五十年ぶりに乗り込んだ津軽線は短い編成のかわいらしい列車だった。だが、乗った時間が昼下がりということもあったのか、乗客が少ない。おまけに、ほとんどがひとりきりの客のため会話が聞こえてこない。

もちろん、あれから五十年が過ぎている。あのときと同じような濃厚な津軽弁が聞けるとは思っていなかったが、途中下車した蟹田の市場の中にある食堂の女性たちも、蟹田から三厩へ向かう列車の時間を教えてくれた駅員も、まったく津軽弁を話してくれないのだ。軽い津軽弁のイントネーションはあるものの、ほとんど標準語で対応してくれてしまう。

津軽線は三厩で行き止まりになる。三厩は終着駅なのだ。

私は日本でも外国でもさまざまな終着駅に降り立ったが、この三厩の「終着駅度」はなかなかのものだった。短い車両から降り立った客は私ひとりであり、線路はすぐ近くの倉庫に消えていってしまう……。

三厩駅から龍飛崎までは町営の百円バスに乗ることになる。

乗客は私ともうひとりだけだ。その初老の男性は、これもまた初老の運転手と知り合いらしく、車中でのんびりと世間話を始めた。私は今回ここで初めて本格的な津軽弁を聞くことができたのだが、「わからない！」ということがない。共通の知り合いの噂話、近隣の病院の品定め、自分の病気の自慢話……すべて理解できてしまう。もう、私が少年時代に聞いたような津軽弁を話すような人はいなくなってしまったのかもしれない。

私は、なんとなくがっかりするような、いやいや当然と思うような、不思議な気持で龍飛崎に向かう町営バスに揺られつづけた。

風の岬

龍飛崎とはどういうところなのか。

最初に行こうとした十六歳のときも本州のひとつの「北の端」だという以外はよく知らなかったが、それから五十年以上が過ぎたこの夏に行くことになったときも、さほど多くの予備知識があるわけではなかった。

ただ、風のひどく強いところらしいというのは知っていた。

いつだったか、亡くなった高倉健さんと青山の喫茶店でコーヒーを飲みながら雑談をしていて、龍飛崎のことに話が及んだことがある。かつて少年時代に東北の一周旅行をしたことがあるが、行こうとして行かれなかったのが龍飛崎だったという話をすると、高倉さんが自分は二カ月近く龍飛崎にいたことがあると言った。私はそのときまで観ていなかったが、高倉さんは『海峡』という青函トンネルの掘削をテーマにした映画に出ていて、その撮影のため龍飛崎のホテルに長期滞在していたことがあったらしいのだ。

「龍飛崎はどんなところでしたか」

私が訊ねると、高倉さんは少し考えてから、こう言った。

「風は強いところだったけど……」

しかし、そこまで言うと、急に八甲田山の話になって、映画『八甲田山』を撮ったときの苛酷な「雪中行軍」の体験について話しはじめた。どうやら、同じ青森を舞台にした映画でも、『八甲田山』のときの八甲田に比べると、『海峡』のときの龍飛崎の記憶は薄いらしいのだ。

もっとも、その八甲田の話も、すぐに『南極物語』の南極での話に取って代わられてしまった。二度ほど「死ぬかな」と思う瞬間があったという南極ロケには、他には代えがたい強い記憶があるようだった。

高倉さんには、作品の出来より、撮影中に自分で自分を深く確かめる瞬間があったかどうかでその作品に対する記憶の濃淡が決まってくるというところがあるらしかった。

ところで。

五十年越しの夢を叶えるべく、三厩から龍飛崎までの町営バスに乗った私は、三十分後に海辺の小さな集落に着いた。

しかし、高倉さんも長期滞在したという龍飛崎で唯一のホテルは、集落からかなり急な坂道を上った小高い丘にあるらしい。バスはそのホテルの前で最後の客である私を降ろすと、少し離れたところにある終点の龍飛埼灯台に向かって走り去っていった。

ホテルでチェックインをし、部屋に入って窓のカーテンを開けると、もう薄暗くなっている。そこから見える龍飛崎は何の変哲もない岬だった。

さすがに遅くなってしまったため岬の突端にある灯台付近に行くのは明日にすることにした。

来る前までの心積もりでは、ホテルでの夕食後、海沿いの集落に行き、『海峡』では吉永小百合が働いていたような一杯呑み屋にでも行こうと思っていたが、それは諦めなくてはならなかった。

坂を歩いて下りていくには距離がありすぎる。下りはまだいいが、酒を飲んだあと、この坂道を上ってくるのはつらすぎる。かといって、タクシーで帰ろうにも、隣の町から呼ばなくてはならないという。

幻の吉永さんに会うことは断念して、持ってきていた太宰治の『津軽』を再読して眠ることにした。

翌日の朝は、前日の好天とは一変して雨が降りはじめていた。灯台まで行ってみると、誰もいない展望台には、確かに強烈な風が吹いている。

とても傘が差せるような風ではない。

雨に濡れながらその風に吹かれているうちに、あのときの高倉さんが言いたかったことがわかるような気がしてきた。「風は強いところだったけど……」のあとには、もしかしたら「……それ以外、何もない」と続けたかったのかもしれないな、と。

もとより、風しかないことに不満はなかった。特別なものがないのは覚悟の上だったからだ。

それにしても、十六歳の私がここに立つことができていたらどんな感慨を抱いただろう。それを想像してみたいというのが、龍飛崎まで来た真の目的といってよかった。しかし、強い風の吹く中、いくら立ち尽くしても、少年のときの思いを甦らせることはできなかった。

あのとき、私は何を求めて東北一周の旅をしていたのだろう……。

なりつづける

龍飛崎から青森に戻ろうとして、どのようなルートを取ろうか考えてしまった。陸奥湾沿いに三厩から津軽線で青森へ、という往路と同じルートではつまらない。しかし、津軽半島の日本海側は、龍飛崎で公共の乗り物は途絶えていて、バスが走っている小泊《こどまり》まではタクシーで行くより仕方がないらしい。ホテルでどのくらいの金額がかかるのかを確かめると、七、八千円はするだろうという。確かに、地図で見ても、かなりの距離がある。

私は、以前書いたことがあるように、旅先でタクシーに乗るということになると、つい臆病になってしまう。しかし、このときは、タクシー代を払うという無駄と、同じルートを戻るという無駄を秤《はかり》にかけ、同じルートを戻ることの方が無駄が大きいと判断した。

雨の中、どこかの町からホテルまで来てくれたタクシーに乗り、小泊に向かった。

右側は日本海、左側は崖という道をただひたすら走る。

その車中で、中年の運転手さんと話が弾んだ。きっかけは、運転手さんの出身が小泊だということを聞いてからだった。

小泊は、前の晩に再読した太宰治の『津軽』の最後に出てくる土地である。太宰は友人と再会し、生家のある金木に戻ったあと、子守だった「たけ」と会うために小泊に向かう。家を訪ねると不在だったが、小学校の運動会に行っているらしいことがわかり、校庭に急ぐ。そして、そこからの「たけ」との対面のシーンが、『津軽』のクライマックスともいえるものになっているのだ。

「太宰治の『津軽』で小泊小学校というのが出てきますよね」

私が訊ねると、運転手さんは嬉しそうに答えてくれた。

「私も小泊小学校出身です」

「運動会は？」

「いまでも五月の最後の日曜に盛大にやっています」

そんな話をしているうちに、私はふと思い出すことがあって、訊ねてみた。

「三上寛《かん》って、知ってます？」

「知ってます。小泊の出身ですから」

「やっぱり」

「三上さんの実家はうちのすぐ近くですし」

「歌を聞いたことがある？」

「小泊小学校の講堂でコンサートしたことがあって、それを聞いてびっくりしました」

「どうして？」

「いきなり、〈三上工務店が揺れる！〉って叫ぶように歌い出したりしたもんで。友達と〈三上さんとこは工務店だったべが？〉なんてコソコソ話し合ったりして」

私は、あの声で絶叫するように歌われたりしたら、子供は驚愕するだろうなと思っておかしくなった。

三上寛は、一九六〇年代末に現れたシンガー・ソングライターで、過激な歌詞と野太い声と叫ぶような歌唱が魅力の人だった。『夢は夜ひらく』は、園まりと藤圭子のものが有名だが、「まして夜などくるじゃなし」と歌う三上寛の『夢は夜ひらく』も圧倒的だった。

デビュー前後の一時期、三上寛は新宿ゴールデン街の小さなバーでアルバイトをしていた。私はイラストレーターの黒田征太郎さんに連れられて行ったそのバーで、三上さんと初めて会った。

三上さんは、夜が更けてきて、仕事の手を休めてもいいようになると、ギターを手によく自作の歌をうたってくれた。それは、のちにコンサートで聞いたときより、強く胸に響くものだった。

黒田征太郎さんとは、私がフリーランスのライターとしての活動を始めようとしていた二十三歳のときに出会った。黒田さんは、私に名刺がないと知ると、「ルポライター」という肩書をつけた美しい名刺を無償で作ってくれ、言った。

「どんな者にでもなることはできる。肩書をつけた名刺を一枚持てばいいんだから。しかし、難しいのはなりつづけることだよ」

私は、三上寛さんがいまなお元気に歌いつづけているのと同じように、フリーランスのライターとして四十数年後の現在まで仕事を続けている。黒田さんが忠告してくれたように、「なる」だけでなく、「なりつづける」ことができたと言えるかもしれない。

運転手さんとの会話が途切れ、しばしの沈黙が訪れたとき、私は雨に煙る日本海を眺めながら、ぼんやり考えていた。

さて、「なりつづけた」あと、人はどうしたらいいのだろう、と。

人力飛行機

龍飛崎への旅で、楽しみにしていたことがひとつある。

帰りに、青森で、三内丸山《さんないまるやま》の縄文遺跡を見ていこうと決めていたのだ。意外な土地に縄文の巨大遺跡が出現したという事実は知っていたが、まだ訪れたことがなかった。

三内丸山遺跡は青森駅からバスに乗って三十分ほどのところにあった。

最初に驚かされたのがこの遺跡の入場料が無料ということだった。私が「縄文時遊館」なる中心施設の構内に入ると、ちょうどボランティアのガイドだという初老の男性が十人ほどの客を引き連れて「見学ツアー」に出発するところだった。それもまた無料だとのことだったので、その尻尾について広大な遺跡内をまわることにした。

この遺跡は、県の野球場を作るつもりで土木工事を始めようとしたが、さまざまな遺物が出てきてしまい、ある意味で「余儀なく」保護されることになってしまったというのが面白い。

なにはともあれ縄文期にこのような大集落があったという事実に圧倒される。それは、当時の人々が単純な採集生活をしていたのではなく、主食とした栗の実などを栽培していた可能性を示唆しているからだ。しかも、私たちは、縄文時代というと、貧しいけれど平等に暮らしていた社会を想像しがちだが、発掘された墓の差異によってすでに身分というものができていた可能性があるらしい。

さらにガイドの男性によれば、ここに再建されている建築物はすべて想像上のものにすぎず、確かなものは、遺構の穴やそこに残っていた栗の柱の残骸などだけなのだという。考えてみれば当然だが、その指摘は新鮮だった。

しばらくして、その「見学ツアー」から離れ、出土した土器類が展示されているという「さんまるミュージアム」へ行くことにした。もちろん、ここに入るのも無料だ。

展示されている土器のひとつひとつ、装身具のひとつひとつが実際に役立っていたということからくる「物」としての力がみなぎっている。その上で、しだいに洗練されていくことで「意匠」の力をも併せ持つようになってくる。私はどれだけ眺めていても飽きることがなかった。かつてこのように豊かな文化を持った祖先がいたということが、驚きであると同時に誇らしくも思えてくる。

一通り見ることができ、まだ充分に時間があったので、道路をはさんだ向かいにある青森県立美術館へ移動してみることにした。

美術館につながっているらしい裏道を通って車道に出ようとすると、さりげなく「蛇に注意」という看板が立っている。蟹田の観瀾山といい、この津軽の旅では「蛇に注意」の看板をよく眼にするとおかしくなったが、それを横目に、通りを渡って美術館の中に入ると、ここではさすがに入館料を取られた。

この美術館には現代美術が多く展示されていた。しかし、企画展を含めてゆっくり見てまわったが、縄文の素朴で力強い器物を見た眼には、現代美術の過剰さと、それに見合ったひ弱さがちょっぴり気にならないわけにはいかなかった。

少し落胆しながら展示室から展示室に移動していると、廊下の壁に何枚もの大きなポスターがかかっている。それは、やはり太宰治と同じく青森出身の、寺山修司が主宰していた劇団「天井桟敷」の公演ポスターだった。

これには眼を奪われた。とりわけ、横尾忠則《ただのり》の手になる『人力飛行機ソロモン』のポスターにあった「十一月二十日―二十四日」という日づけは、一九七〇年のその中の一日の公演を、私も間違いなく見ていたという一点において、心を激しく波立たせるものだった。

その日、私はビルの屋上に設けられた仮設の劇場の後ろで立って見ていた。ふと気がつくと、隣に寺山修司が立っている。しかし、その寺山修司が、特徴のあるギョロリとした眼で見ていたのは、舞台で演じている「天井桟敷」の役者たちではなく、観客たちの反応だった。まさに「ねめまわす」ような視線で、観客が笑ったり溜め息をついたりするのを見つめている。

それは、常に劇場の観客や著作の読者を驚かせることに情熱を燃やしつづけてきた寺山修司の、「芸術家」ならぬ「芸術師」としての本質が鮮やかに映し出される一瞬だった。

強い風の吹く龍飛崎に立ったときは、十六歳のときの私の気持が想像できなかった。しかし、そのポスターの前に立ったときは、素人の俳優たちが「ソロモン！　ソロモン！」と絶叫する舞台を眺めていた二十三歳の私がはっきりと甦ってきた。

フリーランスのライターとなったものの、これから何を書いていこうか、いや、この仕事を続けていくべきかどうか思い迷っていた二十三歳の頃の私が。

後記　念のため確かめると、三内丸山遺跡への入場は、二〇一九年の四月以降、有料になっていた。残念！

赤と青

渋谷のスクランブル交差点で、ぼんやり信号が青になるのを待っていると、ビルの壁に設置されている電光掲示板にサッカーのワールドカップ関係の映像が流れた。

そのとき、ひとつの話を思い出した。

聞いたのは、日本と韓国でサッカーのワールドカップが共催された年のことだから、いささか古い話になる。

私は当時、ソウルの新村《シンチョン》という学生街にアパートを借り、日本と韓国を往復しながら取材していた。ある日、その新村の焼肉屋で韓国のジャーナリストと一緒に食事をしていると、彼がこんな話をしはじめた。

韓国では、深夜になると、信号がまったく守られなくなる。守らないのは、通行人ではなく、車だという。車は、たとえ信号が赤でも平気で突っ切ってしまう。だから、通行人は、深夜に通りを横断する場合は、たとえ青信号でも、慎重な上にも慎重に左右を見てからでなくては渡れないというのだ。

これがちょっとした社会問題になり、あるときテレビの番組に取り上げられた。もっとも、その番組は、報道や硬派の社会教養番組ではなく、日本で言えば吉本興業の芸人たちがやっているようなバラエティー番組だったという。その中に「ドッキリテレビ」風のコーナーがあり、次のような「ドッキリ」を仕掛けた。

深夜、ある通りの信号に二人のお笑い芸人を待機させておき、もし赤信号できちんと停まる車がいたら、「おめでとうございまーす」と言いながら飛び出し、運転している人に記念品を渡す。

ところが、そうして待機していたところ、二人はついに朝になるまでひとつも記念品を渡すことができなかった。つまり、そのポイントではすべての車が赤信号でも強引に突っ走っていったということになる。

当然のことだが、この番組が放送されると、韓国内でかなりの反響を呼ぶことになった。

もちろん、だからといって私はここから短絡的に韓国人の国民性というところに話を持っていくつもりはないが、それを聞いたときはなるほどと面白く思ったものだった。

しかし、実は、この話にはまだ続きがあるのだ。

その番組のスタッフは、韓国では誰も赤信号で車を停めようとしなかったという事実を踏まえて、日本ではどうだろうと考えた。

そこで、日本に出張して同じ実験をしてみることにしたのだという。しかし、二人のお笑い芸人が待機していると、実験開始直後の一台目で驚くほど簡単に結論が出てしまった。横断歩道を誰も渡っていないにもかかわらず、やってきた車はきちんと停車したというのだ。

そこから先、韓国内ではいろいろな議論が沸き起こったらしいが、私にはそうした議論の帰趨《きすう》よりも、その「ドッキリ」を担当したお笑い芸人の表情を想像してみるだけで充分に面白かった。

当時の日本で言えば、ナインティナインのような若手芸人の二人が、寒さに震えながら信号の脇で待っている。でも、韓国では、一晩待ってもついに一台も赤信号で停まらず、日本では「せーの」で始めたとたん一台目が停まってしまう……。

この話には、伝聞からくる不正確さがあるかもしれないが、大筋で間違ってはいないと思う。

深夜、私たち日本人は、横断歩道を渡るとき、信号が青ならほとんど無防備に歩き出すような気がする。たとえ車が近づいてきたとしても、よもや赤信号を無視して突っ走ってくるとは思っていないからだ。

しかし、国によっては、そう簡単に渡ることはできない。単に信号だけの話ではなく、異国ではすべてが「そう簡単」にはいかないということであるのだろう。

私も仕事場から歩いて帰る夜道で、横断歩道の信号が赤なら、たとえ車の往来が途切れ、いくら渡れそうになっていても、青に変わるのを待つ。いや、私だけでなく、かなり多くの日本人がそうするだろうと思う。

それはまた、どこかで「金《かね》」というものに対する日本人の態度と似ているような気がする。
国民の金銭感覚において、銀行や郵便局に預けるだけでなかなか投資に向かわない日本人を嗤《わら》うような風潮がある。多少のリスクを覚悟しても、利を取りにいかないのは愚かだと。つまりそれは、赤信号でも「自己責任」で渡れるときは渡った方が早く移動できるではないかと言っているのに似ていると私には思える。

しかし。

信号を守る。青信号でしか道を渡らないというのは、やはりとてつもなくすばらしいことなのかもしれないと思ったりもする。

日韓共催の、あのワールドカップ大会から数えて開催地は四つ目になった。ドイツ、南アフリカ、ブラジル、そして今回のロシア。あれから十六年が過ぎて、韓国の交通マナーも変化してきているのだろうか。

最後の一瓶

それが最後の一瓶だった。


私は、毎朝、家から仕事場まで四十分ほどかけて歩いて通っている。

その仕事場には、もちろん私しかいないので、昼食は外に出てどこかの食堂でとるか、自分で作るかのどちらかである。

だが、ここ十年あまりは、ほとんど外食することなく、自分で作っている。

作るといっても、多くが麵類で、蕎麦《そば》やラーメンやパスタを、そのときそのときの食材でちょっとした工夫をしながら調理し、食べるだけのことだ。

ただ、ひとつ決まっているのは、食後にヨーグルトを食べることである。プレーンのヨーグルトに蜂蜜《はちみつ》をかけて食べる。これだけは変わらない。もしかしたら、私は、この蜂蜜をかけたヨーグルトを食べるために、仕事場で昼食を作っているのかもしれない。

かけるのはレンゲの蜂蜜だが、それは、鹿児島に住む、ある養蜂家から送られてくる特別な蜂蜜なのだ。

三十年ほど前のことになるが、私は子供たちのための読み物を書いたことがある。蜂とともに花を追いかけ、蜜を採取する「移動養蜂家」を取材して、『ハチヤさんの旅』という本を出したのだ。

鹿児島の祁答院《けどういん》から長野県の松本、秋田県の小坂《こさか》、そして北海道の帯広まで、一緒に旅をした。

とりわけ印象深いのは小坂だった。

ハチヤさんの夫婦は、学齢期の長女を祖父母に預け、三歳の次女を連れて旅していた。だが、小坂で借りている家の周囲にはまったく住人がおらず、娘の遊び相手がいない。そこで、私の娘が同じ年齢だったということもあって、遊び相手として連れていった。

娘にとっては、母親から離れての、初めての大旅行だったが、同行者に小さい頃から可愛がってくれているカメラマンの内藤利朗《としろう》が一緒なのでご機嫌だった。

私たちは鄙《ひな》びた温泉宿に泊まり、娘は新たな友達と山の中で楽しく遊んでいた。仕事がないときは、一家と小坂の朝市で買い物をしたり、大衆演劇の公演を知らせる幟《のぼり》がはためく劇場の周辺を散歩したりした。

ところが、ある日、突然、娘が家に帰りたいと泣きはじめ、慌てて妻に引き取りにきてもらうことになった。私たちはハチヤさんの一家と青森からフェリーに乗って北海道に渡ることになっていたからだ。

そのハチヤさんは鹿児島県人らしく焼酎が好きで、よく一緒に飲んだものだった。そこで鹿児島の焼酎の飲み方を教えてもらったりもした。飲んだのは決まって焼酎のお湯割りだったが、焼酎の中に湯を入れると怒られた。湯に焼酎を注ぎ入れるのだと。

秋には、北海道にいた蜂たちを、暖かい九州に連れ帰るため、トラックで帯広から祁答院まで一気に走るという旅も一緒にした。

四トントラックに蜂の入った箱を大量に積み込み、車の中で仮眠をとりながら西下していく。東北の日本海側を走り、中部地方を抜け、中国道から九州に入る。ハチヤさんは隠れた博物学者であり、走り抜ける土地の風土や植生についてさまざまに語ってくれたものだった。

その、日本列島を七十二時間で駆け抜ける旅は、私にとっても鮮烈な体験だった。

それ以後も付き合いは続き、我が家ではハチヤさんの蜂蜜が切れることはなくなった。蜂蜜は長期間の保存が可能なため、一度に大量に送ってもらうといつまでも食べることができたからだ。とにかく、そのハチヤさんのレンゲの蜂蜜を食べると、他の蜂蜜が食べられなくなるほどだった。

私は仕事場で、昼食後にヨーグルトに蜂蜜をかけながら、一年に及ぶ楽しかった旅をよく思い出していた。

だが、一年半前に、そのハチヤさんが亡くなったという知らせが届いた。大酒飲みの彼らしく、消化器系のガンが原因だった。

幸いなことに、あとは長女の結婚相手の方が継いでくれたとかで、家業としての養蜂業は途絶えることがなくなった。

そして、数カ月前、後継の養蜂家が初めて採ったというレンゲの蜂蜜が送られてきた。食べてみると、友人のハチヤさんが採ったレンゲの蜂蜜とまったく変わらないおいしさだった。

もしかしたら、それはハチヤさんが永年大事に確保しつづけてきたレンゲ畑の「場」の力だったかもしれない。

私は、ハチヤさんが最後に採った蜂蜜を一瓶だけ食べずにとっておいたが、新年になって、その最後の一瓶のふたを開けることにした。もう安心だね、と心のうちでつぶやきながら。

ごめんなすって

東京の城南地区で育った私にとって、最も親しい川は多摩川である。小さい頃は川辺で水遊びをしたり河原で野球をしたりしていたし、中学生の頃は部活動の一環として土手の道をランニングさせられたりしていた。

しかし、その私にとっても、多摩川の向こう側、つまり神奈川県側になると知らないことばかりになる。

数年前、ある人と話していて、多摩川のすぐ向こう側に、桜の美しいところがあるらしいと教えられた。なんでも南武線の宿河原《しゅくがわら》の近くを流れる用水路沿いに、とてつもなく長い桜並木があるというのだ。

そんなことは、東京のこちら側からしか多摩川を見ていない私たちにはまったく知らないことだった。

そこで、桜の季節に行ってみると、本当に二ヶ領《にりょう》という用水路の脇に信じられないくらい長い桜並木の道が続いていた。そして、そこを歩いているうちに、そうだ、「彼」にここを歩かせてみよう、と思いついた。


その一年ほど前、私はアメリカの西海岸に住む友人とフロリダを訪れていた。モハメッド・アリのトレーナーとして有名なアンジェロ・ダンディー氏の葬儀に参列するためだった。その葬儀の席で、重い病を押して参列してくれたアリに対して、心の中でひそかに最後の別れを告げた私たちはマイアミに向かい、さらにアメリカの国道一号線をキーウェストまで南下した。

その青い海に浮かぶ一直線のスピードウェイを車で走っているうちに、やがて『春に散る』というタイトルで連載することになる新聞小説のストーリーが一瞬のうちに浮かんできた。

――永くアメリカで暮らしていた初老の元ボクサーが、思いがけず、心臓発作《ハート・アタック》を経験したことを契機に、日本に帰ろうと決意する。そして、その発端は、このどこまでも真っすぐな海の上のスピードウェイを車で走っているときのことにしよう……。

そしてその一年後、宿河原の二ヶ領用水沿いの桜並木を見たとき、あの『春に散る』の物語は、主人公の元ボクサーがこの道を歩くシーンで終わりにすればいいのではないかと思いついた。いや、そう思いついたとき、『春に散る』というタイトルが確定したのだ。

今年、久しぶりに訪れた二ヶ領用水の土手の桜並木は、好天に恵まれて満開の状態が長く維持されていた。しかし、それでも、風が吹くと花びらが盛大に散るようにはなっていた。

私の『春に散る』という小説の主人公は、この土手に似た道を歩いているときに二度目の心臓発作を起こすことになっていた。

だが、そのとき、私が思いを巡らしていたのは『春に散る』の主人公のことではなく、もうひとりの実在の男性のことだった。

かつて私が、二十二、三でフリーランスのライターの道を歩みはじめたとき、新人ボクサーに対するトレーナーのような役割を果たしてくれた編集者がいた。そこで私は文章から無駄な形容詞を排除することを徹底的に叩き込まれた。どうしても必要なら、その前のセンテンスで説明しろ、と。それは、新人のボクサーが、ジムのトレーナーにシャープでストレートなジャブを打つことを叩き込まれるのと同じようなものだったかもしれない。

その編集者は、晩年、俳句を作っており、死後、遺族から私にその作品群が託された。遺稿集を出すためである。

鮮やかだったのは、残された俳句に闘病のことや死への恐れといった類いのことがいっさい詠《よ》まれていないことだった。それは偶然ではなく、自らをきつく戒めた結果だったことは、ノートに走り書きされた「病にからまぬ句づくりを目ざすこと。辞世らしきものも同断」というメモによってわかった。

しかし、ただ一句だけ、「辞世の句」と読めないこともないものが残されていた。奥様にうかがったところによると、まだ歩ける体力が残っているときにホスピスの見学に行く途中で見た桜を詠んだものだろう、ということだった。

花吹雪ごめんなすって急ぎ旅

間近に控えた自らの死を、大仰に悲愴がったりせず、大衆演劇の舞台で花道を退場する三度笠姿の渡世人になぞらえでもするかのように、ちょっとした滑稽みを漂わせつつ突き放している。

まさにダンディズムの極致と言えなくもない。『春に散る』の主人公には、ここまでのダンディズムを付与することはできなかったが、せめて自分のときは、その何分の一かの軽みを身につけていたいものだ――二ヶ領用水の桜の花びらを肩に受けながら、私はそんなことを思ったりもしていた。

太宰の座卓

旅は家に帰ったところで終わる。いや、終わるはずである。ところが、帰ったところから新たに始まる旅もある。旅先で受け取ったパンフレットやチケットのたぐいを整理したり、撮った写真をプリントしたり、あるいは家族や友人に話をしたりすることで、あらためて旅をしなおすという部分があるからだ。

去年、私が龍飛崎を目的地とする津軽半島への旅から帰ると、家に一冊の本が届いていた。包みを開けて、取り出し、「やはり、これだった！」と嬉しくなった。

それはオークションサイトで見つけた日本文学全集の中の一冊で、『太宰治』の巻だった。

私の家の書棚には筑摩書房版の『太宰治全集』の全十二巻が並んでいる。しかし、私にとって最も馴染み深い太宰治の本は、少年時代に読んだ日本文学全集の中の『太宰治』の一巻だった。

実は、それは自分ではなく、父が買ってきてくれたものだった。

父は、戦争によって祖父の代から受け継いだ会社を失い、戦後は不遇の時代を長く過ごしてきた。本好きの人だったが、新刊の本を買う金銭的な余裕がなく、古本屋で一冊数十円というような棚から買ってきた本を読みつづけていた。

そんな父が、恐らくはなけなしの小遣いから、中学生の私のために新刊の書店で買ってきてくれたのだ。

しかし、どうしてそれが『太宰治』だったかはよくわからない。父はさほど太宰治を好んでいなかったはずだからだ。息子に何か本を買ってやろうと思ったとき、たまたま店頭にあったのが、刊行中の日本文学全集の『太宰治』の巻だったというだけのことだったかもしれない。

だが、その中の一編に入れ子細工のように挿入されていた「哀蚊《あわれが》」という掌編小説に強い衝撃を受けた私は、そこから日本の現代文学に導かれ、自分でも文章を書いてみようと思うようになっていったのだ。

その『太宰治』は大事に持ちつづけていたが、二十年ほど前、ある倉庫に預けているうちに事故により失われてしまった。

津軽の旅を前に、ふと、あの『太宰治』の一巻を、もう一度手にしてみたいという思いが生まれた。

だが、出版社を覚えていない。近くの図書館で各種の日本文学全集を調べてみたが、私が読んでいた『太宰治』の巻は存在していなかった。

そこで、あまり利用することはないが、オークションサイトをチェックしてみることにした。それなら写真が出ているはずだ。

すると、角川書店版の「昭和文学全集」の中にあった。決め手は、本の函に小さく貼られている絵に見覚えがあったからだった。

値段はわずか百円であり、さっそくそれを購入する手続きを取ったが、旅に出るまでに届かなかった。しかし、旅から帰ると届いており、久しぶりにその本を手にすることができたというわけだ。

その『太宰治』に眼を通しているうちに、ふたたび津軽の旅が甦ってきた。

龍飛崎からタクシーで小泊に出た私は、そこからバスで五所川原に向かったが、その途中、金木で下車した。金木の停留所が、太宰治の生家の真ん前だったので、思わず降りてしまったのだ。

斜陽館と呼ばれているその家を見学したあと、ついでに太宰治が戦争中に疎開していたという家に立ち寄ってみると、たまたま訪れる人が誰もいなかったせいか案内人風の男性が付きっきりで説明してくれた。

太宰が執筆していたという部屋には、原稿のコピーが載った座卓が置いてあり、見学者はその前の座布団に座って太宰を気取ることが許されている。

この家には、『火花』を書いて芥川賞を受賞した又吉直樹が受賞前に二度ほど来て、その座布団に座っていったという。

案内人の男性は、さすがにそこに座れば芥川賞が取れるかもしれませんよというような冗談を言いはしなかったが、そして、私が文章を書く人間だとは思いもよらなかったらしいが、もしかしたら上手な文章が書けるようになれるかもしれないからと、その座布団に座ることを勧めてくれた。

私はありがたく座らせてもらうことにした。その座布団に座ることで又吉さんにあやかろうとしたわけでもなければ、「上手な文章」が書けるようにと願ったためでもなかったが、かつてここに座っていた人がいなかったら、あるいは現在の物書きとしての自分は存在していなかったかもしれないという不思議な因縁を感じたからだった。

初めての駅、初めての酒場

東京の城南地区に育った私にとって最も親しい川が多摩川だとすると、最も縁の遠い川は荒川である。荒川は途中から隅田川と名前を変えるが、隅田川ならまだ馴染みはある。しかし、荒川となると、河川敷で遊んだこともなければ土手を歩いたこともない。それは、私にとって、荒川が流れている城北地区や城東地区に馴染みが薄いということの結果だったかもしれない。

たとえば、山手線の駅について考えてみると、渋谷を中心にして内回りは上野まで、外回りは池袋まではどんな駅でもかなりの頻度で乗り降りしたことがあるが、内回りで上野から池袋までの駅にはあまり乗り降りしたことがない。とりわけ、日暮里《にっぽり》となると、ひょっとしたら一度も駅の外に出たことはないのではないかという気がするくらいである。

そこで、いや、なにが「そこで」なのか自分でもよくわからないが、春の盛りの、好天のある日、日暮里に行ってみることにした。山手線を日暮里で降りて、駅の外に出てみることにしたのだ。

といっても、ただ日暮里の駅で乗り降りするためだけに行くのはもったいない。日暮里出身の作家である吉村昭の記念文学館に行ってみることにした。


荒川区に吉村昭記念文学館ができたのは一年前だった。私も、設立の準備段階には、区内のホールで吉村さんに関する講演をしてささやかな応援をさせてもらったが、完成してから一度も行ったことがなかった。最寄りの駅は京成線の町屋らしいが、今回は日暮里から遠路はるばる歩いていくことにした。

日暮里の東口を出て、十五分ほど歩くと常磐線の三河島駅に着く。そこからさらに十五分ほどで「ゆいの森あらかわ」という場所に着いた。

それは複合的な図書館であり、ゆったりとした空間にさまざまなスタイルの閲覧室が設けられている。本好きには実に心が躍るような施設で、吉村昭記念文学館はそこに包摂されるというかたちで存在していた。入場は無料。二つの階にまたがった館内には吉村さんの文業がわかりやすく展示されており、書斎が復元されていた。

また、そこに置かれた展示品からは、吉村さんの律義なところがよくわかるようになってもいる。締め切りを守る。それは製造業の工場主だった父上から商売の心得として叩き込まれたというが、なるほどと思わされた。

帰る頃には日が傾きはじめていた。どうしようか迷ったが、もういちど日暮里までの道を歩くことにした。

あちこち寄り道をしているうちに、駅に近づく頃には暗くなり、ネオンの色に鮮やかさが増しはじめている。つい、一杯飲んで帰ろうかという気分になり、なんとか見つけた居酒屋と小料理屋の中間のような店に入ることにした。

店のおかみも、馴染みらしい二人連れの男性客も、見かけない客の登場が少し気になっているのがわかる。

ビールをもらい、突き出しの「鮪《まぐろ》のぬた」を食べていると、吉村さんの話を思い出し、危うく笑いそうになって顔を引き締めた。初めての客が酒を飲みながら思い出し笑いをしていたら、店の中の人も奇妙に思うだろう。

吉村さんによれば、取材に出かけたどこかの町で初めての飲み屋に入ると必ず警戒される。刑事か税務署員に間違えられるからだという。確かに、トレンチコートを着た吉村さんは、刑事か税務署員と言われても違和感がない。

もっとも、それは吉村さんのお気に入りのジョークだったらしく、共にした酒席で何度かうかがったことがある。

私は何者に思われているだろう。常連風の客と話をしているこの店のおかみは、どんな仕事をしている奴と思っているだろう。

昔、馴染みの銀座の小さな酒場で飲んでいると、アメリカの大作家であるヘンリー・ミラーの夫人だったホキ徳田がひとりで現れた。酒場のおかみが、近くに座っていた私を「作家の沢木さん」と紹介してくれた。すると、しばらくして、ホキ徳田さんが私にこう訊ねてきた。

「どこ守っているの？」

私は何を質問されているのかわからず訊き返した。

「はっ？」

「ポジションよ。あんた、サッカーの選手なんでしょ」

作家をサッカーと聞き違えてしまったのだ。それには、その酒場に居合わせた全員が笑い出してしまった。

そのときのことが甦り、つい思い出し笑いをしそうになって、また顔を引き締めた。

さすがにいまはサッカーの選手と間違えられるということはありえないが、さて、どんな職業の奴と思われているだろう……。

内心なんとなく楽しくなり、私はビールを酒に切り替えて、本格的に飲みはじめることにした。

兼六園までI

この冬のことだった。

金沢に行くことがあり、初めて鉄道を使った。

これまでも何度か金沢に行くことはあったが、すべて飛行機を利用しての旅だった。

いや、それは「旅」とは言えないものだったかもしれない。東京から飛行機で小松を経由して行く金沢は、単に用事を片付けるための往復に過ぎず、旅という要素の著しく欠けたものだったからだ。

なにより、飛行機だと東京と金沢との距離感が体の中にすっと収まってこない。単純に言ってしまうと、遠いのだか近いのだか、よくわからないのだ。

今回は延伸されたという北陸新幹線を使って金沢に行くことにした。

これまで、私は金沢という町にあまり縁がなかった、と思っていた。近年も、小さな会で話をするために訪れたりしていたが、いつも、薄い縁ができただけで帰ってきてしまうということが続いていた。

そこで、金沢に行く前に、書棚から吉田健一の『金沢』など数冊の本を抜き出し、興味のおもむくままにページを繰っていたが、兼六園について触れた文章を読んでいるとき、ふと、自分がとても大事なことを忘れていたのに気がついた。

それは、私が二十代の前半で、駆け出しのライターとして仕事を始めたばかりの頃のことだった。

当時、収入が極端に少なかったため、住んでいるアパートの部屋の電気とガスは、料金の滞納を理由にしょっちゅう止められたりしていた。もっとも、心のどこかで、その貧乏を楽しんでいるようなところがあったので、つらいとか、悲しいとかとはまったく思っていなかった。

しかし、その経済状態に同情してくれたあるテレビ局のディレクターが、私にささやかなアルバイトをさせてくれるようになった。たとえば、いまでいうワイドショーのような番組の中で、著名な作家に話を聞くといったコーナーを設け、インタヴュアーの役割を振り向けてくれたのだ。

いま思えば、素人の私をよく使ってくれたと思うが、あるときなど、瀬戸内寂聴《せとうちじやくちよう》さんから新刊書の内容をうかがうという場面で、突然、タイトルが頭の中から消えてしまい、絶句するということがあったりもした。

そのときは、寂聴さんが、さも打ち合わせどおりというような口調で、「『余白の春』よね」と言って、危ういところを救ってくださったりもした。

のちに、私はテレビにはいっさい出ないという頑なな態度を五十代に至るまで数十年にわたって取るようになるが、ライターとしての初期のころはそうしたアルバイトでなんとか食いつないでいる時期もあったのだ。

そんなあるとき、そのワイドショーとは別のドキュメンタリー風の番組だったが、日本における名門とは何かというようなテーマで、「元華族」の女性にインタヴューするということがあった。

相手は酒井美意子《みいこ》という元侯爵家令嬢で、当時は「マナー評論家」として幅広く活動している人だった。

実際にお会いしてみると、酒井さんは、いくらかふっくらとした体つきの方で、典型的な「ざーます」言葉を使う。そして、笑うときも、少し甲高い声で「オホホホホ」という、まるでマンガの登場人物のような笑い方をするのだ。すべてが「元華族」のイメージどおりの女性だった。

私はインタヴューをする相手に苦手な人というのはほとんどいないが、この元侯爵家令嬢だけはなんとなく敬して遠ざけたいという思いが募り、必要最低限のインタヴューを終えると、あっさりと別れてしまった。それは、私にはとても珍しいことだった。


この冬、金沢を訪れるに際して、私が本を読みながら思い出したのは、その酒井美意子さんのことだった。

自分にとって金沢はあまり縁がない町と決めつけていたが、実はそんなことはなかったのだ。なぜなら、酒井さんの旧姓は前田という。そう、私は、駆け出しのライターの時代に、かつて金沢を支配した加賀百万石、前田家の「お姫様」をインタヴューしたことがあったのだ。

そのことに気がついた私は、あらためて酒井さんについて調べてみた。

すると、私がお会いしてから十年後に、『ある華族の昭和史』という本を出されていた。

気になった私は近くの図書館に行き、保存庫にあったその本を借り受け、金沢行きの新幹線の中で読んでみることにした。

読んで、驚いた。すばらしい本だったからだ。そして、思った。酒井さんとはこのように魅力的な女性だったのか、と。

兼六園までⅡ

金沢に向かう新幹線の中で、私は酒井美意子さんの『ある華族の昭和史』という本を読んでいた。

酒井さんは、加賀百万石、前田家の「お姫様」である。

明治維新後の「華族令」で前田家は侯爵になっていたため、酒井さんは「お姫様」ではなく「侯爵家令嬢」だったが、十九のときに伯爵である姫路十五万石の酒井家に嫁いだため、今度は「伯爵家夫人」となった。

私ははじめ、『ある華族の昭和史』を、ゴーストライターの書いた、お手軽な聞き書きのようなものかと思っていた。

しかし、読んでいくうちに、それが「書くことが大好き」だったという酒井さん自身の手になるもので、戦前の華族という「種族」の「在り様」が生き生きと記されている、極めて資料的な価値の高い自伝であるということがわかってきた。

前田家の嫡子である酒井さんの父親利為《としなり》氏は、戦前、大使館付きの武官としてロンドンに赴任する。酒井さんはそこで四歳まで育てられたが、昭和五年に日本に帰国し、東京駒場の前田家で暮らすことになると、そこは使用人だけで百三十人もいるような巨大な邸宅だったという。

やがて昭和天皇の長女である照宮成子《てるのみやしげこ》と学習院で同級生になり、華族の子女たちとの交流が始まっていく……。

なにより印象的なのは、そのような「お嬢様」育ちのはずの酒井さんが、常に、自分の人生は自分で「創《つく》る」ものなのだと意識して生きてきたという点である。

《固定的な自分などどこにもありはしないのだから、これからは自分を自由に創り操作しながら生きるのだ》

その信念があったからこそ、敗戦後に多くの華族が没落し、ただ悲嘆にくれるだけだったのに対して、屋敷の大半を占領軍に接収されていながら、庭の小さな建物で社交クラブのようなものを開き、占領軍の高級将校や俄《にわ》か成り金などを集めることに成功し、窮境を切り抜けることができたのだろう。

私は『ある華族の昭和史』を読んで、強い後悔の念を覚えた。

駆け出しのライターだった私は、せっかく酒井さんと会う機会があったのに、外見的な「元華族」らしさに惑わされ、「敬して遠ざけ」てしまったのだ。「オホホホホ」と笑うような女性はどうも苦手だ、と。

どうしてあのとき、私はもっといろいろな話を聞いておかなかったのだろう。酒井さんは、きっと話したいこと、聞いてもらいたいことが山ほどあったはずなのに、私はありきたりのやり取りだけでインタヴューを終わらせてしまった。

もし私が水路をつなごうとしたら、酒井さんの胸のうちに満ちていた言葉の湖から、多くのものが流れてきていたはずなのだ。

かつて私は、自分の父親が死んだとき、どうしてもっと話を聞いておかなかったのだろう、と後悔した。父のことをほとんど何も知らなかった、と。

だが、生きていくというのは、そうした後悔を無数にしながら歩むことなのだろう。後悔なしに人生を送ることなどできない。たぶん、後悔も人生なのだ。ただ、酒井さんの内部に広がる豊かな言葉の湖の存在に気がつかなかったということは、ノンフィクションの書き手としての私の、敗北以外のなにものでもなかったような気がする。


金沢に着き、ホテルにチェックインした私は、まず最初に前田家の庭園だった兼六園に向かった。

入園してみると、積もった雪の上にさらに雪が降りかかるというような天気であるにもかかわらず、多くの外国人観光客、とりわけ欧米人の若いカップルが何組も歩いているのが眼についた。彼らにもこの庭園の美しさがよくわかるのかもしれない。

戦前、ロンドンで暮らしていたとき、幼い酒井さんはイギリス人の使用人の押す乳母車でよくハイドパークに出かけていたらしい。

すると、その王立公園で、幼いエリザベス女王が乗った簡素な乳母車とすれ違ったりしていたという。酒井さんとエリザベス女王は同年生まれの女性なのだ。

エリザベス女王は健在だが、酒井さんはすでに亡くなられている。しかし、その酒井さんが、かつて自分の先祖の庭園だった兼六園に、かくも多くの欧米人が訪れている現在のこの情景をご覧になったら、どう思われるだろう。きっと、あの少し甲高い声で、お笑いになったことだろう。

「オホホホホ」

と、満足そうに。

床しさや

雪の金沢で、犀川《さいがわ》のほとりを歩いた。

私は十代の頃、室生《むろう》犀星《さいせい》を、「愛読者」と言ってよいほど熱心に読んだ。詩人としての室生犀星を好んだのか、小説家としての室生犀星を好んだのか、エッセイストとしての室生犀星を好んだのか、いまとなってはよくわからない。ひょっとしたら、室生犀星が大田区の馬込に住んでいたからというただそれだけの地点から読者として出発していたのかもしれない。私は、その近くの池上というところに住んでいたからだ。

だが、いずれにしても、『かげろふの日記遺文』などに刺激された高校生の私は、自分も「王朝物」の短編小説を書いてみようなどと試みたことがあった。

そんな存在だったにもかかわらず、金沢に着くまで、室生犀星のことはすっかり忘れていた。金沢の観光案内所でもらった地図を広げ、市内を流れている二本の川のうちの一本に犀川とあるのを見て、思わず「ああ、そうだった！」と声を上げたくなった。室生犀星の犀星という ペンネームは、犀川から採っていたということを思い出したのだ。

金沢有数の繁華街である香林坊《こうりんぼう》から歩いて着いた犀川は意外なほど川幅が広く、両岸に架かっている橋もかなり長い。

私はその一本の橋である犀川大橋から桜橋に向かって岸沿いの道を歩いた。

途中、高浜虚子《きょし》の句碑や、室生犀星の文学碑などがあり、そこでしばらく休んだり、写真を撮ったりした。河原では、遠足なのだろうか、小学生くらいの子供たちが追いかけっこをしていたりする。

桜橋を渡って、岸の反対側に向かうと、寺町に入っていくことになる。

歩いていくと、その名のとおり大小さまざまな寺があり、中には興味をそそられる寺もあったが、拝観料が必要というので、なんとなく入りそびれた。旅に出ると私は倹約家になるということもあるが、寺の拝観料というのがなんとなく納得できないところがあるからでもある。寺を維持するためには仕方がないと思うのだが、仏教寺院が宗教的なものとして存在しているのなら、誰でも来ることを歓迎しなくてはならないはずだという気がしないでもないからだ。

さらに歩いていくと、細い路地がある。そこを、真っすぐ進んだり、曲がったりして目的もなく歩いていくと、またいくつもの寺に出会う。

やがて、その路地が大きな通りに出ようかというあたりで願念寺という小さな寺にぶつかった。荒れているというのではないが、さほどよく手入れが行き届いているというほどでもない。

何の気なしに門前の掲示板を読むと、松尾芭蕉ゆかりの寺だとある。

そうか、ここが、あの小杉一笑《いっしょう》の菩提寺なのか、と驚かされた。

かつて松尾芭蕉は『奥の細道』の旅の途中で金沢に立ち寄ったことがある。だが、芭蕉は、そこで会うことを楽しみにしていた金沢の俳人の小杉一笑が半年ほど前に死去していることを知る。

そこで芭蕉は、こう詠んだ。

塚も動け我泣声《わがなく》は秋の風

まだ、一度も会ったことのない人の死に遭遇しての句としては、いささかパセティック、感傷的に過ぎると思えないこともない。だが、旅をしていると妙に気分が高揚し過ぎたり、沈降し過ぎたりすることがある。あるいは、芭蕉もそのとき、そうだったのかもしれない。

拝観料など必要もなさそうなので、誰もいないその寺の中に入ってみた。すると、小さな庭にひっそりと句碑が建っていた。

心から雪うつくしや西の雲

掲示板によれば、これが一笑の辞世の句であるという。必ずしも死の間際に詠んだ句ではないらしいが、芭蕉の句と比べて、なんと軽やかな句だろう。
ふと、見ると、本堂の前の古い賽銭箱の横に二つの小さな箱が置いてある。そして、そのひとつの中にはこう記された紙が添えられていた。
《花梨《かりん》　ご自由にどうぞ》
なるほど、箱の中には、花梨の実が入っている。きっと裏庭に生《な》っていたものなのだろう。ここでは拝観料を取るどころか、逆に来訪者に果物を差し上げようという。花梨の実の形は不揃いだったが、とても温かい気持になった。それは、これぞ寺という床しさのようなものが感じられたからだろう。私には、この寺の佇まいのすべてが好ましかった。

帰りの道々、「床しさや……」という言葉から始まる句を作ろうとしたが、残念ながらホテルに戻るまでには作れなかった。

小さいけれど

この冬、金沢に行った折に輪島まで足を延ばした。

輪島というと「朝市」ということになるのかもしれないが、私が行きたかったのは、中心部から少し離れた白米という地区だった。

白米と書いて「しろよね」と読ませる。

そこには日本海に面した美しい棚田があるという。もちろん、季節は冬であり、当然のことながら、風に揺れる緑の苗も黄金色に実った稲穂も存在しない。だが、そこでは、冬のあいだだけ、夜間にＬＥＤの電球によるライトアップが行われるという。

夕方、輪島のホテルにチェックインした私は、路線バスに乗り、白米に向かった。

着いてみると、その白米の棚田は、海に向かってなだらかに落ち込んでいる斜面にいくつもの小さな区画の田圃《たんぼ》が連なる、なんということもないものだった。

やがて、薄暗くなってくると同時にライトがつき、田圃を区切る畦《あぜ》に赤系統の灯りがともされるようになったが、あまり心を動かされないぼんやりとしたものだった。

ところが、その棚田のあいだを歩いて海の近くまで下り、ふたたび上に登ってきて、全体を眺め渡して驚いた。すっかり暮れ切った斜面には、鮮やかさを増して黄色に変わったライトに照らされ、深い闇の中に無数の棚田が浮かび上がるという、まさに幻想的な風景が広がっていたのだ。

私はしだいに寒さが増してくる中、長いあいだ立ち尽くし、闇によって海と溶け合った白米の棚田を眺めつづけた……。

気がつくと、輪島市内に戻るバスの最終便が通る時刻が近づいていた。

雪除けだろうか、屋根のついている小屋風の停留所で待っていると、若い男女のカップルが困惑したように中をのぞき込んできた。外見は日本人と変わらないが、どうやら東洋人の観光客らしい。

そこで、これから輪島の市内に戻るつもりなんですかと英語で訊ねると、私よりはるかに流暢な英語で、ここで待っていていいのですかと言う。

私はうなずき、二人を招き入れた。

そこから、バスが来るまでの二十分ほどのあいだ、会話が弾んだ。

二人は、香港の銀行に勤めているカップルで、年に一、二度、日本を旅しているのだという。この前の春の旅では青森方面で桜を楽しみ、今回は北陸を旅しているのだという。

それにしても、金沢まではわかるが、この白米まで足を延ばすのはよほどのことのような気がする。

同じ棚田でも、たとえば中国の本土には広西チワン族自治区の龍勝などに広大な棚田がある。私も中国を一周する旅の途中で立ち寄り、いくつもの山を跨《また》いだその棚田の規模の壮大さに茫然とさせられたことがあった。

私が龍勝の例を挙げ、どうせ棚田を見るのならそちらの方がいいのではないかと訊ねると、二人は口々にこう言った。

自分たちも龍勝の棚田には行ったことがある。しかし、よく手入れされているこの白米の棚田の方により深く心を動かされる。

そして、こんなことも言っていた。以前は中国の本土にも旅行していたが、最近は日本にしか来ない。日本を旅していると、心が落ち着くのだ、と。


彼らと話しているうちに、数年前に台湾の台北で出会った若者のことを思い出した。

偶然入った喫茶店の内装が日本風のとても洒落たものだった。店主に誰がデザインしたのか訊ねると、ちょうどその人がいま来ているので紹介しますと言われた。

会うと台湾の若いデザイナーだった。私が中国人のあなたによくこのようなデザインが可能でしたねと驚くと、彼は微笑みながら、しかしきっぱりと言った。

「私はチャイニーズではありません、タイワニーズです」

中国人ではなく、台湾人です、と。

私は香港のカップルに、そのときの話をしたあとで、あなたたちが龍勝よりも白米を好むのはチャイニーズではなくホンコニーズ、香港人だからですか、と訊ねてみた。

するとと、男性がしばらく考えてからこう答えた。

「台湾の若者が自分たちはタイワニーズだと言うのはよく理解できます。しかし、僕たちは自分のことをホンコニーズと言い切ることはできません、まだ」

それにしても。

小さいものより大きいものの方がよいとは限らない。そんなことはとうにわかっていたつもりだったが、この若い香港のカップルにあらためて教えられたような気がした。

葉桜の季節に

遠くに住む知人が展覧会を見るため上京してきて、初めてそのような展覧会が東京で催されていたと知る、などということがよくある。いや、それどころか、東京にそんな美術館や博物館があったとは知らなかった、ということさえある。

東京には東京以外の住人を羨《うらや》ましがらせるほどの美術館や博物館がありながら、そしてそこで貴重な展覧会が催されているにもかかわらず、当の東京の住人はほとんど無関心のまま見過ごしてしまう。正直に言えば、私もそうしたひとりで、東京に住んでいることの特権をほとんど行使していない。

その私が上野を訪れた。

目的の場所は東京芸術大学だった。芸大には付属の美術館があり、そこで「雪村《せっそん》展」

が開催されているという。

雪村については、名前ばかりで、生の作品を見たことがないということもあったし、雪舟と雪村の区別もつかないようでは恥ずかしいという思いがなくもなかった。

上野は桜も散り、さすがに落ち着いているだろうと思っていた。しかし、葉桜の季節を迎えた上野は、平日の午後だというのに、家族連れだけでなく、修学旅行の生徒や外国からの観光客がかなりいる。

そして、芸大の美術館に入ると、ここもまた、予想外の人出だった。

実は、この美術館に来るのは初めてではない。かつて、ここで、建築家の磯崎新《いそざきあらた》氏が組織した「間――20年後の帰還」という展覧会が開かれたとき、当の磯崎さんに案内してもらい、見て廻ったことがあるのだ。

どうして私のような門外漢が世界的な建築家である磯崎さんと親しい付き合いをしているのか。

それは私がまだ二十代の前半で、磯崎さんが三十代の後半だった頃、一週間ほど一緒にハワイで仕事をしたことがあるからなのだ。

仕事の内容は、午後の数時間、ホテルの一室で雑談をするだけという、とんでもなく優雅なものだった。

そのとき、ハワイ大学で集中講義をしていた磯崎さんは、夫人で美術家の宮脇愛子さんを伴っていた。

宮脇さんは海外での経験が豊富な方で、そのときのハワイでは、無知な私に旅先で必要な言葉の知識や食事のマナーをいくつも教えてくれたものだった。たとえば、レストランで欲しいものがウェイターにうまく伝えられないでいると、「そういうときはHAVEを使えばいいのよ」と教えてくれた。そして実際に、「ユー・ハヴ・＊＊＊?」と訊ねると簡単に通じることに驚かされたりした。

それ以後も、磯崎夫妻には国の内外で何度も食事を御馳走になった。そして、その席で、宮脇さんからはマン・レイをはじめとする海外のさまざまな芸術家についての夢のような話を多くうかがうことになった。

その宮脇さんも三年前に亡くなられた。

私は何ひとつお返しすることができなかった。そこで、宮脇さんの作品の中でも、私の最も好きな絵を、『流星ひとつ』という本の文庫版の装画として使わせていただくことにした。その白と黒の絵は、流れ星のように地上に落ちてくるというより、むしろ天上に向かって翔け登る飛翔体という趣のある線画だった。

その本の主人公である藤圭子さんも、宮脇愛子さんも、共に天上を自由に翔けていてほしいという思いを込めての表紙だった……。

芸大の美術館に展示されていた、やはり白と黒の雪村の絵は、「龍虎図」や「鍾馗図《しょうき》」のような伝統的な画題の作品よりも、子供や動物を描いたものが心に残った。室町時代の画僧である雪村の絵には、どこか江戸時代の俳人である小林一茶の俳句に通じるようなユーモアと軽みがある。とりわけ単純な線で描かれた馬の絵には、なんともいえない滋味があった。

充分に満足して「雪村展」の会場を出たあとで、美術館の女性に自画像はどこに展示してあるのですかと訊ねた。

そこには、芸大の卒業生が、卒業制作として描くことになっている自画像が展示されていると聞いていたからだ。ところがそれは誤聞で、収蔵されてはいるものの、常設展示はされていないとのことだった。ただし、この夏の特別展には、いま活躍している画家の何人かの自画像が出展されるという。

やがて有名になる画家がまだ何者になるかわからないときに、どのような自画像を描いていたのか。恐らく、その自画像は、私が磯崎夫妻とハワイに行った頃と同じような時期の彼らを描いているのだろう。自分が何者になれるのか、なれないのか。わからないまま悶々としていた日々。しかし、同時に、思い切り能天気に過ごしてもいたあの時代……。

私はあらためて夏にこの美術館を訪れることにした。

情熱についてのレッスン

久しぶりに秋田を訪ね、驚いたことがひとつあった。藤田嗣治《つぐはる》のコレクションで有名な平野政吉《まさきち》美術館が消えていたことである。いや、消えていたというのは正確ではない。かつて千秋《せんしゅう》公園にあった建物から、新しく建設された秋田県立美術館にコレクションが「移動」していたのだ。

だが、あの藤田嗣治の大作「秋田の行事」は、平野政吉美術館の建物を離れてどのように展示されているのだろう。

気になった私が、すぐ近くにある県立美術館に行ってみると、以前より多少狭くなったような気はするものの、間違いなく壁の一面を使っての堂々たる展示がされていた。

絵を見たあとで館内のカフェでひとやすみしたが、そのカフェのガラス窓から見た外の光景が美しかった。向かいの景色が前方の屋根の部分に張られた水に映り、まるで一枚の絵のように見える。

私はそのカフェで紅茶を飲みながら、かつての平野政吉美術館を初めて訪れた日のことを思い出していた。


それはまだ私が二十代の前半の頃で、いわば「徒弟修行中」のライターの時代だったときのことだ。もっとも徒弟修行中というのは言葉の綾に過ぎず、当時の私は特にライターとしての「師」と呼べる人も持たないまま、たったひとりでジャーナリズムの海を泳いでいるところだった。

あるとき、グラフ雑誌から永六輔《えいろくすけ》氏のインタヴューをしてくれないかという依頼を受けた。永さんとは面識もあり、簡単なことだと思って引き受けた。ところが、永さんが所属している事務所を通して依頼すると、当の永さんからとんでもない条件がつけられて返事が戻ってきた。

秋田まで来てくれるならインタヴューに応じてもよい、秋田から大館《おおだて》までの列車の中で話をしよう、というのだ。

グラフ雑誌の編集部は、いくら忙しいといっても、そこまでして載せるべきインタヴューではない、という気配をにじませて企画の打ち切りを提案してきた。しかし、私は強引に行かせてもらうことにした。行かないのは、なんとなく、挑戦状をつきつけられていながら逃げるのと同じような気がしたからだ。

待ち合わせの場所は秋田の平野政吉美術館だという。

指定の日にちの、指定の時間に行くと、永さんは藤田嗣治の大作「秋田の行事」を前にして、美術館のオーナーである平野政吉氏と話をしていた。それがこの日の永さんの第一の仕事だったらしい。

私の顔を見ると、永さんは、本当に来たんだね、と少し嬉しそうに言った。あんな条件を出すと、だいたいの人は諦めてくれるんだけどね、と。

永さんの第一の仕事が終わると、私たちは秋田駅から大館駅までの奥羽本線の列車に乗った。そして、結局、秋田駅から大館駅までの列車の中だけでなく、永さんが大館で秋田犬にまつわる第二の仕事をこなしたあと、さらに大館駅から青森駅までの列車の中でもインタヴューを続けることができたのだ。

その不思議な移動のおかげでインタヴューはかなり面白いものになった。

永さんのように他人の話をまとめるのが上手な人にとっては、並のライターのインタヴューのまとめ方というのが常々うんざりさせられるものだったのかもしれない。だから、できるだけインタヴューを避けようとした。

私がまとめたインタヴュー記事に永さんが満足してくれたかどうかはわからない。しかし、いまの私には、あれは永さん流の「レッスン」だったのではないかという気がしないでもない。ジャーナリズムにおいても、こちらが情熱をもって事に当たれば、人を動かし、現実を動かすことができるということを教えてくれるレッスンだったのだと。

実際、その直後に、最も忙しい時期だったはずの小澤征爾《おざわせいじ》氏をインタヴューしなくてはならないときにもその教訓は生かされた。

インタヴューが可能な時間は東京から名古屋までの新幹線の中しかないという。私はそれで充分と応じた。

その結果はどうだったか。新幹線の中だけでなく、新幹線を降りたあとも、名古屋の市内で小澤さんがどうしても食べたかったという味噌煮込みうどんを一緒に食べながらインタヴューを続けさせてもらえることになった。いやいや、それだけでなく、演奏会が終わったあとも、インタヴューならぬインタヴュー、つまり人と人との話を続けることができることになったのだった。

そんなことが可能だったのも、どのような状況でもこちらに情熱があることを示せば人を動かせる、という永六輔氏のレッスンのおかげだったように思えるのだ。

今が、時だ

旅人はいつでもこう思う。

自分はこの地に来るのが遅すぎたのではないか。もう少し早く来ていれば、もっとすばらしい旅があったのではないだろうか、と。

かつて私は、二十代のときのユーラシアへの旅の終盤で、イベリア半島から海を渡ってアフリカ大陸に行こうかどうしようか迷ったことがある。行きたかったのは、モロッコのマラケシュだった。旅の途中ですれ違うヒッピーたちからマラケシュのすばらしさを聞かされつづけていたからだ。しかし、そのときは、アフリカ大陸に渡り、マラケシュに行ってしまえば、すでに一年が過ぎようとしていた旅がさらに二年にも三年にも延びてしまうような気がして、諦めた。

私が実際にマラケシュに行ったのは、それから二十年以上経ってからのことだった。間違いなく、マラケシュは驚きに満ちた不思議の街だった。ジャマ・エル・フナ広場に集まる大道芸人と屋台の群れ、迷路のように錯綜している市場《スーク》の通り、そしてひそひそと話しかけてくる怪しげな男たち……。しかし、そこで久しぶりに昂揚する日々を送りながら、私はどこかで思っていた。自分はここに来るのが遅すぎた。もう少し早く来ていれば、と。

十六歳のときの東北一周旅行では、秋田の男鹿半島から青森の黒石に向かった。そのときの私には、黒石から十和田湖に入り、奥入瀬《おいらせ》に行こうという心づもりがあったのだと思う。しかし、黒石から十和田湖に向かおうとして、積雪のためバスが運行を休止しているのを知り、やむなく行くことを断念しなくてはならなかった。

今年の初夏の秋田への旅の帰りには、そのとき行こうとして行かれなかった奥入瀬に寄ってみることにしていた。

珍しく東京で予約しておいた奥入瀬のホテルには、新青森駅からのバスの送迎があるという。

午後、約束の時間に駅前駐車場に行くと、すでに迎えのマイクロバスが来ていた。ガラガラだったが、しばらく待つと、十人ほどの小さな団体が来て、いっぱいになった。互いに話している言葉で、その団体が中国からの観光客のグループだということがわかった。

全員が中年の男女で、和気あいあいとしており、ひとりが冗談を言うと、みんなが声を揃えて笑ったりする。話している内容はよくわからなかったが、話し声もさほど大きくなく、笑い声もほどのよい高さで、こちらまで楽しくなってくるようなものだった。

私には、中国人の観光客が、奥入瀬のようなところにわざわざ来るようになっているということが新鮮だった。しかし、それ以上に驚いたのは、そのグループの人たちがとても落ち着いた雰囲気だということだった。

マイクロバスは、青森の市街地からやがて八甲田山系の森林地帯を走るようになった。そこで、私がもうひとつ驚いたのは、その森林地帯から奥入瀬までの道路脇に、日本の観光地によくあるような猥雑《わいざつ》な立て看板がまったくなく、気持のいい木々の緑の中をただひたすら進んで行くことができたということだった。

このようにして、何事もすべて、少しずつソフィスティケート、洗練されていくのだな、と私は思った。

その日は、奥入瀬に到着したのが遅くなったため食事をしただけで終わってしまったが、翌朝はゆっくり渓流沿いを歩くことができた。

木々が濃淡さまざまに異なる緑の葉をつけており、それが風に揺れ、あるいは朝の陽光を通してキラキラと輝いている。また、その脇の渓流の水がやはりさまざまに異なる濃淡の青に変化し、激しい流れのところでは純白の飛沫を撒き散らしている。

美しかった。しかし、遊歩道が整備され、全体に整い過ぎているように感じられなくもない。ここも、そう、やはり想像以上にソフィスティケート、洗練されていた。

私は緑と青の美しい世界を歩きながら、どこかで思わないではいられなかった。もし、十代の頃ここに来ることができていれば、どれほど心を動かされたことだろうと。

旅人は、いつでもそこに行くのが遅すぎたのではないかと思う。もう少し前に来ていたらもっと自然な佇まいが残されていただろう、これほど観光化されていなかったろうと。

しかし、と一方で思わないでもない。

私と同年代で、十年近く前に亡くなった作家の立松和平《たてまつわへい》に『今も時だ』というタイトルの小説があった。

確かに、かつてのあの時だけが「時」だったのではなく、今も「時」なのかもしれない。

いや、むしろ、ようやく訪ねることができた今こそが自分にとって最も相応しい「時」だったのではないだろうか。

今が、時だ。

奥入瀬渓流沿いの遊歩道を逆に辿り返しながら、私はそう思うことにしようなどと考えていた。

旅の長者

夏、北海道の函館に行った。

函館に新幹線で行くのは今回が初めてであり、だから昼間のうちに青函トンネルをくぐるのも初めての経験だった。

以前、一度だけ「トワイライトエクスプレス」で青函トンネルを列車で通過したことはあったが、そのときは深夜だったためまったく記憶が残っていない。ぐっすり眠っていたからだ。

やはり、地上から海底に向かうときは、斜めに降りていくような感覚が生まれるものなのだろうか？

そんなことを楽しみに、青森の龍飛崎あたりでトンネルに入ってからは神経を張り巡らしてその「斜め感」を味わおうとしたが、しばらくして、ふと気がつくと窓の外が明るくなっている。残念ながら、感覚的にはほとんど平地と変わらないような滑らかさのまま海底を通過してしまったようだった。

さて、その函館である。

夜、函館山のロープウェイに乗って山頂に行き、有名な夜景を眺めることができた。なるほど、地図に出ている渡島《おしま》半島のミニチュア版のような陸地のくびれがくっきりと見える。

それはよかったのだが、山頂には内外の観光客が大挙して押し寄せてきているため、帰りのロープウェイに乗るのに長い時間がかかり、ホテルに戻るのが遅くなってしまった。

そこで、夕食はホテル近くの居酒屋で簡単に済ますことにした。

ところが、その一軒に足を運ぶと満席で、入口付近で待っている人もいる。さすがに並んでまでして居酒屋に入りたくはなかったので、通りの向かいの、誰も客のいない食堂へ足を向けた。

中に入ろうとすると、奥からおかみさんが慌ててやってきて、申し訳ないけれど閉店時間なのだと言う。

困惑していると、その親切そうなおかみさんが、一緒に通りまで出てきてくれ、ここから少し歩くけど、とてもいい居酒屋があるからそこに行ってみたらどうかと勧めてくれた。

道順を教えてもらい、そこまで歩き、中に入ると、活気のあるよさそうな店だった。しかし、残念なことに、そこも満席だった。

出ようとすると、中で立ち働いていた若い店員が話しかけてきてくれ、もう少しでお帰りになりそうなお客さんがいるんですけど、と言う。一瞬どうしようかと迷ったが、客を追い立てるようになってしまうのも申し訳ないので、諦めることにした。

すると、その若い店員もまた店の外まで出てきてくれ、近くに知り合いの店があるので行ってみませんかと言ってくれた。うちからの紹介だと告げると、ちょっとしたサービスをしてくれるかもしれませんから、と。

それに釣られたというより、空いている席を求めて店を転々とすることに妙な面白さを覚え、むしろ浮き浮きしながら教えられた店に向かった。

四軒目のその居酒屋は幸いなことに空いている席があった。しかも、小上がりの座敷があり、テーブルの下には掘り炬燵《ごたつ》用に掘られた空間がある。少々歩き疲れていた身にとっては、脚を伸ばせるのがありがたかった。

酒と、いくつかの海の幸を注文したが、途中で、頼んでいないイカの活け造りが出てきた。何かの手違いなのだろうが、あとで注文しようかとも思っていた料理だったので、そのまま黙って貰っておくことにした。

そのイカは、醬油をかけるとピクリと動き出すほど新鮮なもので、驚くようなおいしさだった。

ところが、ホテルに戻って勘定書を確かめると、イカの活け造りの代金が入っていない。店を紹介してくれた若者が口にした「ちょっとしたサービス」というのがこれだったのだろうか。それにしては、いささか豪勢すぎるのが心配にならないことはなかったが、いずれにしても、その日の夕食が大いに満足できるものになったことは間違いなかった。

その話をある人にすると、「なんだか藁《わら》しべ長者みたいですね」と笑われてしまった。なるほど、店を転々とするうちに最上の店に到達するというところが、一本の藁から長者になっていく話と似ていなくもない。

旅に出ると、予期しないことに出くわし、楽しい思いをしたり、逆にがっかりするような目に遭ったりする。それを金運や結婚運のように「旅運」と言うとすると、確かに旅運のいい人と悪い人がいるかもしれない。

どちらかと言えば、私は旅運のいい方だと思うが、それも、旅先で予期しないことが起きたとき、むしろ楽しむことができるからではないかという気もする。たぶん、「旅の長者」になるためには、「面白がる精神」が必要なのだ。

ただ、あのイカの活け造りが単なる店側の配膳間違いで、勘定が他の客のところにつけられたりしていないことを祈ってはいるが。

子ネズミとばったり

北海道新幹線で函館へ行ったついでに小樽《おたる》まで足を延ばすことにした。

北海道は、さまざまな機会にさまざまなところを旅したが、なぜか小樽にだけは行ったことがなかった。

その小樽には、やがて北海道新幹線が延伸されるという。そうなれば、かなり時間が短縮され、混雑の度合いも増すことになるだろう。その前に、一足早く訪ねてみようと思ったのだ。

夜の小樽を歩いていて、ふと、イタリアのヴェネチアを思い出した。

なぜか。

運河があるからか。

それもある。

ヴェネチアほど縦横に運河が走っているわけではないが、街に運河があり、その周辺の古い建物と独特の雰囲気を醸し出している。だが、それが理由ではなかった。

では、ヴェネチアと同じく小樽もいまやガラスの街として有名になっているからか。

それもある。

私が訪れたときは、小樽の街にはガラスの風鈴があふれていて、あちこちで涼やかな音を響かせていた。しかし、それも決定的な理由ではない。

では、昼間の小樽の観光客の多さ、それも外国からの観光客の多さがヴェネチアを思い起こさせたのか。

確かに、ガラス工芸の店が立ち並ぶ「堺町《さかいまち》通り」を歩くと、外国人観光客の多さに驚かされる。

耳を澄ますと、すれ違う人の口から出てくるのは、英語、中国語、韓国語……といった外国語ばかりだ。小樽に、これほど外国人の訪問客が多いとは思わなかった。しかし、だからといって、それによってヴェネチアを連想させられたわけではなかった。

そうではなく、昼間のにぎわいに比べて、夜の小樽が驚くほど人が少なくなるところがヴェネチアにそっくりだったのだ。

かつてヴェネチアのサン・マルコ寺院の真裏という、観光スポットのど真ん中にあるアパートを借りて滞在していたことがある。

そのとき驚いたのは、昼間はごったがえすという表現がぴったりするほど観光客であふれているヴェネチアが、夜になると、ほとんど無人になったのではないかと思えるほど人の気配がなくなることだった。レストランで食事をして帰るときも、あまりの暗さと、人気《ひとけ》のなさにちょっぴり怖くなるほどだった。

夜の小樽も、駅に近いホテルから運河に向かうメインストリートも、その横丁の食堂の近辺にも、まったく観光客がいない。聞けば、多くの観光客が札幌からの日帰り旅行で済ますため、小樽に泊まる客が圧倒的に少ないからだという。

暗い夜道を歩いていると、不意に道端で一休みしている子ネズミと遭遇し、こちらもあちらもびっくりして跳びすさったりする。

だが、夜のヴェネチアも悪くなかったように、観光客の少ない夜の小樽もしみじみとして悪くなかった。

メインストリートのひとつである「日銀通り」には、かつての金融街だった名残の建物がいくつも残っている。

日本銀行の旧小樽支店は金融資料館になっているし、旧郵政省小樽地方貯金局の建物には小樽文学館が入っている。そこには、最愛の息子の命を警察権力の手によって奪われた小林多喜二《たきじ》の老母の、悲哀に満ちた走り書きが展示されている。

あーまたこの二月の月かきた
ほんとうにこの二月とゆ月か
いやな月　こいをいパいに
なきたい

字をやっと覚えたため、濁音の濁りの部分や促音を付け忘れたりしているが、それがさらに悲哀の度を増すことになっている。

——ああ、またこの二月がきた。本当にこの二月という月がいやな月。声をいっぱいに泣きたい……。

二月二十日が小林多喜二の命日なのだ。

そして、その小林多喜二が銀行員として勤めていた北海道拓殖銀行の小樽支店は、かつての外観を保ったまま美術館になっている。

それらの建物が街灯の光を浴びながら静かに佇んでいる姿は、時間というものが持つ力と不思議さをあらためて知らしめてくれる。

小樽の人、とりわけ観光の関係者が、北海道新幹線の延伸を心待ちにしているらしいことはポスターや看板などでも痛いように伝わってくる。たぶん、そのとき、夜の小樽はいまと大きく変わることになるのだろう。

しかし、なんだか、夜道で子ネズミとばったり遭遇する街のままであってほしいような気もしないではない。

臨海と林間

日曜の午後、ぼんやりテレビを見ていて、不意に目を奪われるシーンが出てきた。

なんでも千葉の海沿いの町で、護岸の堤防ができたために岸辺のある部分が侵食されるという問題が起きてしまったのだという。

しかし、申し訳ないけれど、私にはその侵食問題よりも、そこに「岩井海岸」というテロップが出てきたことに目を奪われたのだ。

そしてさらに、その岩井海岸について、夏は海水浴客が多く訪れたり、東京の小学生たちが臨海学校として利用するという説明が加えられていた。

私は驚くとともに内心でつぶやいていた。

――まだ……。

半世紀以上も前、私が東京の小学生だった頃、六年生の夏に臨海学校として行ったのが岩井海岸だった。

私はどこかで、いまはもう小学生が臨海学校だとか林間学校だとかいう名目で泊まりがけの旅行をすることはなくなっているのではないかと思っていた。少なくとも、岩井海岸の一帯は、海水浴場としての役割を終え、住宅地などになっているのではないかと思っていたのだ。

私たちの子供の頃は、家族と泊まりがけの旅行をするということはほとんどなかった。とりわけ、私の場合は、父も母も東京にしか親戚はなかったので、「田舎に行く」ということがなかった。

それもあって、二泊三日の「臨海学校」の経験は鮮烈だった。

天気は悪く、三日とも小雨まじりの曇天だったが、そうした中で、漁師さんの助けを借りて、みんなで引いた地曳《じび》き網《あみ》の興奮。獲物は小ぶりのアジばかりだったが、夕食に出た汁物に入っていた団子状のものが、自分たちの引き揚げた魚をすりつぶしたものだということを知った驚き……。

そして、夜になり、大部屋でみんな一緒に眠ることになったとき、天井に巨大なクモがいることに気がつき、大騒ぎになった。

やってきた先生が、借りてきた箒《ほうき》で払い落とすと、畳に落ちた瞬間、何百という小さなクモが散らばり、生徒たちが悲鳴を上げた。どうやら、その巨大なクモにはおなかに子供がいたらしい。

私はのちに、「クモの子を散らすように」という比喩にぶつかるたびに、あの夜の、畳に散らばった無数のクモの子を目に浮かべるようになった。

あるとき、行きつけの理髪店でいつものように髪を刈ってもらっていると、主人がこんな話を始めた。

「このあいだ、墓参りのついでに栗駒山《くりこまやま》に登ってきましてね」

彼は宮城の出身で、中学を卒業すると東京の理髪店に住み込みで入り、腕を磨いた。

「どうして栗駒山へ？」

「小学生のときの林間学校が栗駒山だったんですけど、家の都合で行けなかったもんですからね」

故郷の村から栗駒山は常に見ていたが、実際に登ったことはなかった。そして、林間学校にも参加できなかったので、ついに登らないまま故郷を離れることになってしまった。墓参りのついでに、その心残りを数十年ぶりに果たそうと思ったらしい。

くりこま高原駅に近い実家から、兄に登山口まで車で送ってもらい、二時間くらいで山頂に着いたという。栗駒山は、宮城県と岩手県と秋田県にまたがっているが、彼は岩手側の一関《いちのせき》方面に下り、須川《すかわ》温泉で一泊したのだという。

「山頂に登って、感動しましたか」

訊ねると、あっさりと答えた。

「いや、特に」

だが、しばらくして、少し恥ずかしそうに付け加えた。

「胸のうちで、ようやく来たよ、とつぶやきましたけどね」

彼は私より年齢が一回り下になるが、日本の社会が戦後の貧しさの中にあったときの記憶を持ったひとりであることは間違いない。

恐らく、いまの子供たちは、岩井海岸に臨海学校に行っても、栗駒山に林間学校に行っても、いや行かなくとも、私や理髪店の主人のように強い思いを抱くことは少ないような気がする。家族と泊まりがけの他の旅行と紛れて、淡い記憶しか残らないのではないかという気がするのだ。

八月末、何十年かぶりで岩井海岸に行ってみた。遠浅の海岸には、臨海学校の生徒たちがいないだけでなく、家族連れの海水浴客の姿もまばらにしか見当たらない。

私は、その、まさに夏の終わりの寂しげな砂浜に立つと、胸のうちでつぶやいてみた。理髪店の主人のように「ようやく来たよ」ではなく、「また来たよ」と。

もちろん、海を渡る風が「よく来たな」と応えてくれているような気配はまったくなかったけれど。

もうひとつの絶景

秋の終わりのことだった。

山梨の小淵沢で用事を済ませた翌朝、さてどうしようと思った。このまま東京に帰るのはもったいない。そういえば、小淵沢から長野の小諸《こもろ》に至る小海《こうみ》線にまだ乗ったことがない。もしかしたら、野辺山《のべやま》あたりまで行けば美しい紅葉が見られるかもしれない。万一どこにもなかったら適当な駅で降り、小淵沢に戻ってくればいい。

そう思い決めて、小海線の列車に乗ることにした。

途中、確かに美しい水の流れと燃えるような紅葉が織り成す絶景が一カ所あり、それで満足して引き返してもよかったのだが、もっとあるかもしれないと少し欲を出して乗りつづけているうちに、しだいに高度が下がってきて、人里が目立つようになってしまった。

このまま終点まで行ってしまおうか。そう思うようになったのは、小諸には一度も行ったことがなかったからだ。

小諸駅で降りると、ちょうど正午を過ぎたところだった。蕎麦屋にでも入ろうかと思って歩いていくと、鰻屋《うなぎや》がある。前日、小淵沢で食べようと思ったが、店に入ったのが遅すぎて、もう終わりだと断られてしまった。

ちょうどいいと、鰻を食べることにした。

すばらしくおいしいというわけではなかったが、それなりに満足して、小諸市内をぶらぶら散策したあと、軽井沢から新幹線で帰ることにした。

小淵沢から中央本線で帰るつもりが、軽井沢から北陸新幹線で帰ることになってしまった遠回りが、なんとなく心楽しい。

それもあったのだろうか。小諸から軽井沢へ向かう「しなの鉄道」の車内で、小諸駅で市内地図を貰うついでにひょいとつまんだ軽井沢のパンフレットを浮き浮きした気分で眺めていると、向かいに座った上品そうな老婦人が話しかけてきた。

「軽井沢にいらっしゃるんですか」

はあ。私が曖昧な返事をすると、にこやかにこう言った。

「クモバイケはとても綺麗でしたよ」

「クモバイケ？」

「そこです」

老婦人が指さしたのは、私が広げていたパンフレットの表紙だった。

慌てて引っ繰り返して見ると、そこには燃えるような紅葉の木々が立ち並んでいる水辺の写真が載っていた。

雲場池、というらしい。

老婦人によれば、午前中そこに行くと、今日が最高という紅葉の状態になっていたという。明日は雨が降るらしいから、きっと色は薄れてしまうだろう。見るなら、今日のうちですよというのだ。

その老婦人は、御主人を亡くしてからはひとり旅を趣味としていて、今日も軽井沢から小諸を観光して所沢に帰るところなのだという。私は軽井沢から東京に帰ることは決めていたが、軽井沢に立ち寄るかどうかまで決めていなかった。少なくとも軽井沢で紅葉を見ようなどとは思っていなかった。

私は軽井沢というところにあまり親しみを感じていなかった。もちろん、何度か取材で訪れたりしていたが、いわゆる観光客として行ったことがなかったので、「雲場池」なるものの存在を知らなかったのだ。

しかし、この偶然を生かさない手はないと思えた。

軽井沢駅で降りると、老婦人が教えてくれたとおりに循環バスに乗った。すると、十分足らずで停留所に着き、そこから歩いて五分もしないところに「雲場池」はあった。

その「雲場池」は、湖というには小さすぎるが池としてはかなり大きなものだった。

そして、私は、その池の周りを歩きはじめて、息を呑んだ。木々に、赤から黄色に至るさまざまな暖色系の色の葉が重なるようについている。街のすぐ近くで、このように見事な紅葉を見られるということが奇跡のような気がするほどのものであり、生で、しかも間近で見た紅葉には、パンフレットの写真の美しさをはるかに凌駕《りょうが》する奥行きと色の複雑さがあった。それは、小海線の車窓から見たものとはまた別の種類の「絶景」だった。

もし、あの列車であの老婦人が私と向かい合わせの席に座らなかったら、そして、私がたまたま広げたパンフレットの表紙を眼にしなかったら、あえて見知らぬ私に声を掛けようなどとは思わなかっただろう。ただ、午前中に見た紅葉への感動が、私にも見させてあげたいという思いに結びついた。

そして、私はといえば、その老婦人の勧めに素直に従ったおかげでとんでもない「御褒美」を貰った。これもまた偶然というものに柔らかく反応することのできた私への、旅の神様からのプレゼントだったのかもしれない。

水で拭く

ある冷たい風の吹く日、鎌倉に行った。

その日、鎌倉駅からバスに乗って向かったのは鎌倉霊園だった。

墓参りをしようと思ったのだ。

太刀洗《たちあらい》といういかにも古都にふさわしい名の停留所でバスを降りると、すでに眼の前に広大な霊園がひろがっている。

そこには私の大学生時代のゼミナールの指導教官だった長洲《ながす》一二《かずじ》夫妻が眠っている。

長洲先生は、単独行動を好む、極めて扱いにくい学生であった私を、常に温かく見守ってくれていた。大学の卒論に、経済学部であるにもかかわらずフランスの作家であるアルベール・カミュについて書きたいと言い出したときも、いくらか困惑した表情を浮かべながら、それでも「君がやりたいと思うことをやるのがいい」と許してくれた。大学を卒業し、就職した会社を一日で辞めてしまったと知ったときには文章を書くことを勧めてくれ、出版社の編集者を紹介してくれた。たぶん、私は長洲先生と出会わなかったら、文章を書いて生きていくという現在はなかっただろうと思う。

去年の秋、私は永年書き溜めていた作家論の集成として『作家との遭遇』という本を出した。そしてその最後に、卒論として書いた「アルベール・カミュの世界」という文章を収録することにした。拙《つたな》いところは多々あるが、やはりすべての出発点はそこにあると思えたからだ。私が先生の命日でもないのに墓参りをしようと思い立ったのも、その報告をしたかったからだった。

その日、私は墓参りをしようというのに、花も線香も携えてはいなかった。持っていたのは一枚の布だけである。

近くの給水所で借りた手桶に水を入れ、墓まで運んだ。そして、持参した布に水を含ませると、よく絞って墓石を拭きはじめた。

どうしてそんなことをしはじめたのか。

毎年、私は友人で元ボクサーのカシアス内藤と共にエディー・タウンゼントというボクシングのトレーナーの墓参りをする。内藤の恩師でもあり、父のような存在でもあった人で、私もまたそのエディーさんと、一時期、濃密な関わりを持つことになった。

その墓参りをするたびに、内藤は持参した布で墓石をきれいに水拭きする。私の眼にはそれが、柄杓《ひしゃく》でただ水をかけるよりはるかに深い思いのこもった行為であるように映っていた。そこで、今回は、私も布を持ってきて墓石を拭き清めるつもりになっていたのだ。

冷たい水で布をゆすぎながら、時間をかけて墓石を拭いていく。それは、久しぶりに先生と対話しているような気持になれる晴れ晴れとした時間だった。

さっぱりとした墓の前に立ち、あらためて手を合わせてから、その場を去った。

しかし、それで墓参りは終わりではなかった。この日は、先生だけでなく、鎌倉霊園に埋葬されているはずのもうひとりの墓にも参りたいと思って来ていたのだ。

入口付近にある管理事務所に戻ってその人の墓の所在を訊ねた。名前は、清水三十六《さとむ》、もしくは山本周五郎。そう告げると、係の方が、その墓が一般に「公開」されているものかどうか確かめたあとで教えてくれた。

墓に刻まれているのは山本周五郎名だという。清水三十六は山本周五郎の本名である。山梨から東京に出てきた清水少年は、木挽町《こびきちょう》の質店に丁稚奉公をしながら夜間の学校に通う。その質店の名前を「山本周五郎商店」と言った。清水少年は、自分を学ばせ、育ててくれた店主の山本周五郎に恩義を感じ、自らが作家になったとき、その店主の名をペンネームとしたのだ。

私は一昨年から去年にかけての一年を費し、四巻に及ぶ山本周五郎の短編のアンソロジーを編集していた。理由は、もちろん、山本周五郎の短編が、時代小説という狭い枠を超えた真に文学的な傑作だと信じているからだったが、それだけではなかった。

山本周五郎は終生、筆一本のフリーランスの書き手として生き、死んでいった。

私は会社を一日で辞めてから、他の会社に入ることはもちろん、厚意で勧めてくれる大学の教師の口などにも応じてこなかった。フリーランスという自由な立場を手に入れた以上、それを貫きつづけようという「意地」のようなものがあったからだが、その生き方ができたのも、山本周五郎という存在が、ひとつのロールモデルとしてあったからだった。

——手を抜かないで仕事をしてさえいれば、きっと読者は待っていてくれるだろう……。

私には、それを山本周五郎からの励ましと思い定めて生きてきたようなところがあったのだ。

小高い丘の上にあった山本周五郎の墓の前に立ち、一瞬どうしようか迷った。先生の墓と同じように布で水拭きをしようかと思ったのだ。しかし、迷った末にやめておくことにした。友人や知人たちから「曲軒《きょくけん》」というあだ名をつけられていたという気むずかし屋の山本周五郎には、「余計なことをするんじゃない！」と叱られそうな気がしたからだ。

寄り道の効用

鎌倉霊園に墓参りに行った帰り、なんとなくまっすぐ家に帰るのがもったいなくて寄り道をすることにした。

鎌倉駅の少し手前でバスを降り、若宮大路を通って鶴岡《つるがおか》八幡宮に向かった。

鶴岡八幡宮は、鎌倉幕府の第三代将軍の源実朝《さねとも》が暗殺された場所とされる銀杏《いちょう》の大木があることで有名な神社だ。

しかし、その歴史的に有名な大木は、何年か前の強風で根元から折れてしまったという。

境内に入ってしばらく進むと、本殿に続く階段が見えてくる。その左手にあったはずの大木は確かに根元のあたりしか残っていなかった。だが、近づいてみると、驚いたことに古い根株から新しい緑の芽が出ているではないか。それは、まさに、自然の不思議というにふさわしい心動かされる光景だった。

驚いたと言えば、たまたま数日前に鴨長明《かものちょうめい》の『方丈記』の現代語訳を読んでいたが、その訳者の解説に、私が初めて知ることが記されていて、思わず頁をめくる手が止まってしまった。

なんと鴨長明は実朝の和歌の教師になるべく京都から鎌倉を訪れたことがあるというのだ。しかし何らかの理由で採用されず、傷心の鴨長明は空しく京都に帰ることになったという。

実際、鴨長明は『方丈記』の中でも、《おのづから短き運を悟りぬ》と自分の不運を嘆いている箇所がある。それを、訳者の蜂飼耳《はちかいみみ》は《つくづくと自分には運がないのだと、自然に知るようになった》と訳している。

だが、実朝の和歌の教師になれていたら、日本文学史上に燦然と輝く名エッセイとしての『方丈記』は書けなかったかもしれないのだ。それはまさに運命のいたずら、歴史の不思議とも言うべきことだったろう。

帰りは、小町通りを真っすぐ抜ければ駅に戻れるのを知っていたが、原宿の竹下通りと同じく小中高の生徒たちや外国人観光客で溢れ返っているのにいささかうんざりし、いくらか遠回りになるが静かそうな裏道を選んで抜けていくことにした。寄り道の、さらに寄り道をすることにしたのだ。

当てずっぽうに、右に曲がり、左に曲がりしていると、古い屋敷町の中で不意に「鏑《かぶら》木《き》清方《きよかた》記念美術館」なるものにぶつかり、ふと入ってみる気になった。

私は鏑木清方についてあまりよく知らなかった。しかし、館内に置いてあるパンフレットなどによれば、元来、小説の挿絵画家として美人画を描いていたが、明治、大正、昭和と生き抜いていくにつれ、歴《れっき》とした日本画家として認められるようになっていったという。

その日は、美人画の名手である鏑木清方が泉鏡花《きょうか》の作品に付した挿画群が特別に展示されていたが、それとは別に描かれたものらしい作品も展示されていた。

順に見ていくと、掛け軸風の細長い画面に、黒い羽織を着て素足に下駄で立つ美しい女性の姿を描いた一枚があった。何かの下絵らしく塗り残しがある。そこを行き過ぎようとして、タイトルに「築地明石町」とあるのが眼に留まり、内心、「あっ」と小さな声を上げたくなった。これだったのか、と。

私の父は晩年に素人俳句を作っていたが、死後、仲間と出していた句誌に何編かのエッセイを書き残していたのが見つかった。

その中に父が生まれ育った築地の小田原町について触れたものがあり、そこにこんな一節があった。

《隅田川を少しさかのぼった隣町が明石町だ。清方が描いたような美人が、果して明石町に居たものやら私達子供には知る由もないが、小田原町とはがらりと変わった品の良い、一寸《ちょっと》ハイカラな空気が流れている所だとは子供心にも感じられた》

この中の「清方が描いたような美人」というのを、私は漠然と「鏑木清方好みの美人」と理解していた。だが、実際はもっと具体的なものであり、ここにある「築地明石町」の女性を念頭に浮かべての一文だったのだ。

私は、これが父の書いていた「清方が描いたような美人」なのかとしばらく立ち止まって見入ってしまった。粋でありながら清楚な美しさを持つ女性で、塗り残しのある下絵であることがさらに透明感を増していた。

どうやら、この女性にはモデルがいたらしい。清方が描いた時期などからすると、父より少し年上であったようだ。しかし、年齢はともあれ、もし彼女が明石町で生まれ育った女性なら、少年時代の父とどこかの通りですれ違っていたかもしれない。


美術館を出て、駅に向かいながら、私はぼんやり考えていた。

銀杏の古い根元から出ていた新しい緑の芽を「自然の不思議」と呼び、鴨長明が源実朝の和歌の教師にならずに『方丈記』の著者となったことを「歴史の不思議」と言うなら、この「築地明石町」との思いがけない出会いを何と呼ぶべきなのだろう。

人生の不思議、と呼ぶべきなのだろうか。いや、そんな大袈裟な物言いをせず、もっとシンプルに、寄り道の効用と考えた方がいいのかもしれない。ちょっとした寄り道が、私を「築地明石町」に導いてくれたのだ、と。

過去への回路

先日、図書館で話をするため宮城の塩竈《しおがま》に行った。

いわゆる「講演」のためだったが、以前にも述べたように、私はあまり講演をすることを好まない。そこで講演の依頼はなるべく断らせてもらうことになるのだが、それでも断り切れないものもある。とりわけ学校と図書館からの依頼は断りにくい。学校は予算が少ないだろうから、私に断られたりすると代わりの方を見つけるのに苦労するだろう。また、図書館は、少年時代からさまざまなかたちで恩恵をこうむっている大切な場所だ。

それでも、できるだけ先の約束はしたくないため断ることが多いのだが、塩竈の図書館からの依頼があったとき、私としては例外的にあっさり承諾したのは、それが図書館だったからというだけが理由ではなかった。塩竈というところに一度行って見たかったのだ。


私は二十二歳でフリーランスのライターとしての仕事を始めた。

その私にとって、初めての大仕事となったのは二十四歳のときの「若き実力者たち」という雑誌連載だった。同世代のフロントランナーを描く人物論のシリーズで、その一回目の対象に選んだのは棋士の中原誠だった。

私と同年生まれの中原さんは、現代の羽生善治《はぶよしはる》や藤井聡太ほどではないが、当時の絶対王者だった大山康晴《やすはる》の牙城を脅かす新世代の棋士の登場ということで、棋界の外からも熱い視線を向けられるようになっていた。

将棋についてほとんど無知だった私は、多くの本を読み、多くの人に会い、必死に取材を進めた。その結果、なんとか「神童 天才 凡人」という三十五枚ほどの人物論を書くことができた。そして、それがある程度の評価を受けられたおかげで一年に及ぶ長期連載を無事乗り切ることができたのだった。

しばらくして中原さんに会うと、「沢木さんはアマチュアの何級くらいの棋力なんですか」と訊ねられた。駒の動かし方がようやくわかるくらいです。そう正直に答えると、「そんな人にあれは書けません。何級くらいですか」と重ねて訊ねられてしまった。困惑しながらも、私は内心で快哉《かいさい》を叫んでいた。

——やったぜ！

しかし、書き終えて、ひとつの心残りができてしまった。

中原さんは塩竈の出身だった。生まれたのは鳥取だが、幼い頃に両親と共に移り住み、十歳で東京の師匠宅に弟子入りするまで、塩竈で成長していた。ご家族はすでに東京に出てきていたので、わざわざ塩竈まで取材に行く必要はなかったのだが、中原さんが育った土地の雰囲気を知らないまま人物論を書かなくてはならなかったという無念さが残ってしまった。当時の私は極端に収入が少なく、土地の光や風を味わうためだけに塩竈まで行くという金銭的な余裕がなかったのだ。

以後、いつか行きたいと思っていたが果たせなかった。それが今回、図書館で話をするという機会を得て、ようやく塩竈に行かれることになった。

講演は夜だったが、昼前に仙石線《せんせき》の本塩釜《ほんしおがま》に着いた私は、とにかく塩竈の街を歩いてみることにした。

駅の近くのレストランで牡蠣《かき》フライ定食を食べると、古い商店や蔵が点在する道を通って鹽竈《しおがま》神社に向かい、二百二段というとんでもない数の石段を上って参拝した。さらに、またその石段を降りると、今度は松島観光のひとつの起点となっている港まで歩いていった。途中の商店街が寂しくなっているのはどこの地方都市でも同じだが、もし四十数年前に塩竈を訪れていたらもう少し異なる貌《かお》の街並みを見ることができたのだろうなとちょっぴり残念に思った。

夕方になり、チェックインをするためホテルに向かいかけたが、ふと思いついて、近くにある「タイムシップ塩竈」なる施設に足を運んでみることにした。

そこは縄文時代からの塩竈の歴史をコンパクトに説明してある展示スペースだった。その最後のところに、塩竈に縁のある有名人として、三人の人物のパネルとそのゆかりの品が展示されていた。ひとりは画家の杉村惇《じゅん》、ひとりは俳人の佐藤鬼房《おにふさ》、そしてもうひとりが棋士の中原さんだった。

見ると、中原さんのパネルの前には、母親の裁縫用の台を利用し、父親が自分で作ってくれたという将棋盤が飾られていた。

なるほど、まさにその将棋盤から、中原さんの十六世名人への道は始まっていったのだ。

昭和四十五年生まれの羽生さんも、平成十四年生まれの藤井さんも、さすがに手作りの将棋盤は使わなかっただろう。そこに、いかにも戦後すぐの頃に生まれた「昭和の棋士」の名残りが感じられ、微笑ましくなった。そして思った。ここにだけは四十数年前の塩竈とつながる回路があった、と。

浄土ヶ浜から

四月は出会いの季節だと言えるだろう。新しく入った学校や職場で、さまざまな出会いが生まれる。残念ながら、私は大学を卒業して会社に入ったものの、たった一日で辞めてしまったため、職場での出会いというのは経験したことがない。だが、いずれにしても、そうした新しい出会いは、三月の別れの季節を経たうえでもたらされるものだろうと思う。

これもまた、いまから五十年以上前の、少年時代に行った東北一周旅行のときに経験したことである。

三陸海岸の浄土ヶ浜に行った帰り、宮古から乗った列車の中で、胸をつかれるような別れのシーンを目撃したことがあった。

ある駅で、母と娘が乗り込んできて、私の前の席に座った。セーラー服姿の娘は、当時十六歳だった私と同じような年頃と思えた。

窓の外には見送りの人たちが来ている。やがて列車が動き出すと、涙を浮かべていたその母と娘は、見送りの人たちに何度も頭を下げ、手を振った。

ところが、列車がプラットホームから離れ、駅の外の田園地帯に出てからも、その母と娘は手を振りつづけている。

——どういうことだろう？

不思議に思った私が、二人の視線の先にある窓の外に眼をやると、沿線の田圃《たんぼ》の中にポツンポツンと人が立っているではないか。その人たちが、農作業の手を休め、列車に向かって手を振っていたのだ。

恐らく、そこからでは列車の中の母娘がどこに座っているかは見えなかったと思う。しかし、その時間の列車に乗るということはわかっていたのだろう。彼らは母娘《おやこ》が乗っているはずの列車に向かって別れの挨拶をしていたのだ。

その母娘にどういう事情があったのかわからない。だが二人の手を振る様子には、単なる旅行に出発するとは思えない哀しみがあふれているようだった。

少年の私が東北一周の旅をしたのは高校一年から二年になるときの春休みである。ということは、三月末か四月初めということになる。少年の私は、この母娘は、春休みというタイミングを捉《とら》えて、どこか遠い土地に引っ越すのかもしれないと空想したりもした。

その列車での哀切な別れの風景は、私の心に深く、そして長く残りつづけた。

しかし、それ以後、鉄道駅で哀切な別れのシーンを演じている人たちの姿を見ることが少なくなってきた。いや、鉄道駅だけでなく、空港でも波止場でも、乗り物による別れに涙を見かけることがほとんどなくなってしまった。

先頃、半世紀ぶりに訪れた浄土ヶ浜は、震災の爪痕《つめあと》を感じさせないくらいに美しく整備されていた。

宿泊したホテルのスタッフによれば、津波によって崖下の浄土ヶ浜は壊滅的な状況に見舞われたらしい。浜を覆った無数の漂着物を片付けるだけで膨大な人力と時間がかかったという。

ホテルから降りてみた浄土ヶ浜は、綺麗すぎるくらい綺麗に整備されている。だが、それが逆に、震災の爪痕がいかに深かったかを物語っているようでもある。

少年時代に見た浄土ヶ浜の姿をはっきりとは思い出せないが、意外なほど小さく、狭い空間だったという印象が残っている。

いまはその小さな浜に、バスの停留所がひとつ、ひっそりと立っているのが印象的だった。少年の私も、宮古からそのバスに乗って浄土ヶ浜に来たはずだった。

翌日、浄土ヶ浜から宮古に出た私は、山田線に乗って盛岡へ向かった。

列車であの母娘の別れの風景を見たのが宮古から東北本線の主要駅に向かう途中だったということははっきり覚えている。とすれば、宮古から盛岡に向かう山田線のどこかの駅だったはずだ。そう思って窓の外を眺めつづけたが、記憶に残る田園風景がなかなか現れてこない。ポツンポツンと人が立ち、こちらの列車に向かって手を振っていた、あの田圃が見えてこないのだ。

――はて？

あるいは、宮古から盛岡に向かう山田線ではなく、釜石に向かう山田線だったのだろうか……。

しかし、と一方で思わないわけにはいかなかった。

震災後は、この周辺のどこででも、私が五十数年前に見た別れの風景とは異なる、だがさまざまに深い哀しみに満ちた別れの風景が繰り返されたことだろうな、と。

そしてさらに、こうも思った。

その別れのあとに、希望につながる新しい出会いが生まれていればいいのだが、と。

あの夏、私は……

去年の秋、偶然のことから軽井沢に立ち寄り、雲場池の見事な紅葉を見た。それによってこれまで敬遠していた軽井沢を見直すことになった。軽井沢も意外に悪くないかもしれない、と。そこで、今度は、新緑の頃、軽井沢のホテルに数日滞在してみることにした。

私がなんとなく軽井沢を敬遠していたのにはひとつの理由があった。

大学時代、夏と冬の長い休みに入ると、決まってしていたのは中元と歳暮の繁忙期に差しかかるデパートで店員の補助をするというアルバイトだった。私は日本橋の同じデパートで四年間アルバイトをしつづけた。配属されたのは特選売り場というところで、最初は特売品を売るところかと思ったが、正反対の高級品の売り場だった。

そこには、大物政治家の家族とか大会社の社長夫人とかの顧客が現れ、担当の店員を引き連れ、あれ、これ、と指さしながら買い物をしていく。買った物は自分で持って帰らず、その日の夕方、担当の店員がタクシーで「お届け」に上がる。私もそうした店員の手伝いで、時には一緒に、時にはひとりだけで「お届け」に行かされることになった。それによって、同じ「上流階級」の家でも、アルバイト学生の扱いに雲泥の差があることを知った。玄関から入ると通用口に回りなさいと叱責される家があるかと思うと、ご苦労様と言ってブランド品の靴下セットをプレゼントしてくれたりする家もあったからだ。

ある夏、そうした顧客のひとりで、有名なオーナー企業の社長の息子が同じ売り場にアルバイトで入った。恐らく、デパートの側が、父親に頼まれて「預かる」ことになったのだろう。私にも、売り場全体で気をつけて「働いてもらっている」というのがよくわかった。しかし、当の彼は、とりわけ有能というわけではなかったが、嫌みなところの少ない、ごく普通の学生だった。ただ、一日のアルバイト料が千円足らずの時代に、その売り場に並べてある一万円の外国製のネクタイを無造作に買って帰るなどということがあって、驚かされたりはした。

彼とはときどき一緒に社員食堂で昼食を食べるくらいだったが、アルバイトの最後の日に、こんなことを言われた。来週から軽井沢の別荘に行くのだが、よかったら一緒に来ないか。部屋ならいくつも空いているから。私は一瞬迷ったあとで、断った。来週から友人と旅行する約束があるから、と。彼は、あっさりと提案を引っ込め、それじゃあ、またの機会に、と言った。しかし、その「またの機会」はなかった。彼がアルバイトに来たのはそのシーズンだけだったからだ。

私は、このときのことを思い出すたびに恥ずかしくなった。ほんの一瞬だけだったが、友人との約束をキャンセルして軽井沢に行こうかなと思ったからだ。たぶん私は、そのとき、彼の家の別荘に行くことで、その「特選売り場」の向こうに続く「上流階級」の世界に紛れ込もうとした自分の卑しさを恥じたのだと思う。

以来、軽井沢はなんとなく敬遠していた。二、三度、仕事などのために訪れることはあったが、そのときも用事が終われば東京にとんぼ返りしていた。

その軽井沢にあらためて行ってみようと思い立ったのは、大学生の頃から膨大な時間が過ぎ、妙なわだかまりが消えていたからかもしれない。

軽井沢のホテルに滞在して二日目、散歩の途中で古い教会に入ってみた。中には誰もおらず、木の温もりが感じられる建物内でひとり贅沢なときを過ごすことができた。その教会から、ジョン・レノンが愛したというホテルに向かって歩いているとき、木立の枝から小鳥のさえずりが聞こえてきた。

それが静かさを際立たせてくれている。

気がつくと、あたりにはゆったりとした敷地の別荘が点在しているだけである。

ふと、あの夏のアルバイトで一緒になった学生の別荘はどこにあったのだろうと思った。もしかしたら、この近辺だったかもしれない。いや、たとえ、軽井沢の異なるエリアだったとしても、ここと地続きの世界であったことは間違いない。

もし、あのとき彼の誘いを受けていたら、ここと地続きの世界に足を踏み入れていたかもしれない。そして、まったく新しい世界が開かれていたかもしれない……。

不思議な感覚が私の全身を包んだ。

もちろんそれは「後悔」ではない。その世界に深く足を踏み入れていたら、いま私が手に入れている世界は持ちえなかったはずであるからだ。

たぶん、それは「ありえたかもしれない人生」というものについての、凡人の、ほんのちょっとした脳内シミュレーションのようなものだったのだろう。あの時ああだったら、自分はどうなっていたのだろうという……。

書物の行方

その日、私は、軽井沢駅から「しなの鉄道」で信濃追分《おいわけ》駅に行き、歩いて堀辰雄文学記念館に向かっていた。

林が続く途中の道は、信濃追分を愛した立原道造《たちはらみちぞう》の詩にあったように、青く高い空に鳥たちの鳴き声が響き渡っている。ヒバリのような高い声と、ウグイスの特徴ある鳴き声が交互に聞こえてくる。

二十分ほど歩いて着いた記念館で、私に最も印象的だったのは堀辰雄が死の直前まで完成を楽しみにしていたという書庫だった。

それは独立した小さな家として庭に建てられていた。書棚は壁の二面にしかないため思いのほか本の数が少ない。だが、そのおかげで他の二面からは自由に出入りできる構造になっている。床は畳敷きになっており、望めばそこで寝転びながら本が読めるようになっているのが素敵だった。

記念館を出ると、通りの反対側に意外にも古書店がある。暖簾をくぐって中に入ると、普通の民家を改造して作った店らしく、靴を脱いで上がるようになっている。一瞬、どうしようか迷ったが、思い切って上がらせてもらうことにした。

いかにも文学館の近くにある古書店らしい品揃えで、適当に数冊抜き出して裏に記された値段を確かめると、安くはないが高くはないという、真っ当な値付けをしている。帳場では中年の女性が熱心に事務を執っているので、静かに、しかし自由に見てまわることができた。

なかなか魅力的な棚の配置をしているが、私の持っている本とかなりかぶっている。それでも、欲しいものがあり、どうしようか迷う本もないではなかったが、旅先であり、荷物になるのは困ると諦めた。

そろそろ出ようかと思いながら帳場の前を通りかかると、ふと、視線を上げたらしい女性が小さな声を出した。

「あっ」

そちらに視線を向けると、女性が言った。

「あの……沢木……さん？」

私が驚いて、黙ってうなずくと、さらに言った。

「申し訳ありません。いつも読ませていただいているので、ついお声掛けしてしまいました」

「いえ……どうも、ありがとうございます」

しどろもどろにそう言い、慌てて近くの棚の陰に入ったが、このまま店を出てしまうと声を掛けたためにすぐ帰ってしまったと思わせてしまうことになるかもしれない。もう少し時間が経ってから帰ることにしようと方針転換し、さらに古書を眺めていると、文庫本の棚に堀辰雄の『菜穂子』があった。熱心に堀辰雄を読んだのは高校時代だったので中身をほとんど覚えていない。ちょうどいいので買わせてもらうことにした。

帳場でそれを差し出し、これをいただきますと告げてから、不思議に思っていたことを訊ねてみた。

「こういうお店では、本をどうやって仕入れるんですか」

すると、女性が、「それは番頭さんに訊いていただけるといいかもしれません」と言って、さらに奥でパソコンを覗きながら作業をしていた初老の男性を呼んでくれた。

その「番頭さん」によると、仕入れに困るというより、むしろ古書業界全体が供給過剰で困っているくらいなのだという。

「六、七十代の男性がいっせいに本を処分なさろうとしているせいです。この方たちが紙の本を大量に買った最後の世代なんだと思います」

なるほど、私と同世代の男性たちがいわゆる「断捨離」を始め、まず書物の処分を敢行しはじめたらしい。人生の「始末」をつけるために。

さて、私はどうしよう。まだ、か、もう、か。

近くの蕎麦屋で「鴨つけそば」なるものを食べて外に出ると、幸運にも、一日に数便しか走らないという小さなコミュニティーバスが偶然通りかかった。それに乗せてもらい、のんびり信濃追分駅に戻りながら考えた。

私はこれまで二度ほど本の大量処分をしている。一度は知人の求めに応じてブラジルの日系人のために一万冊くらい送った。二度目はふたたび溢れるようになった本を預けていた倉庫会社が倒産し、そのあおりを受けて数千冊がすべて消えてしまうという災難に見舞われ、結果的に処分するのと同じになった。

それでも、また本は増え、三度目の処分が必要になっている。しかし、この三度目がさすがに最後のものとなるだろう。

——何を残すか……。

わからない。だが、確かなことは、残すのは堀辰雄の書庫に並べられていたくらいの本の数で、本当にこれからの人生で必要なものだけになるだろうということだ。

車中の会話

新宿から乗った「あずさ」を、小淵沢で降りて小海線の普通列車に乗り換えた。夏休みに入っていたせいか、平日だというのに二両連結の車内は席に座れない人が出てくるほどの混みようだ。

私は比較的早く車内に入れたため一両目の前方に座ることができたが、後から乗ってきた老夫婦とそのお孫さんらしい小学校低学年くらいの女の子にはもう席はなかった。

そのおばあさんがいかにも立っているのが大儀そうだったので席をゆずり、私は運転席の後ろに立った。

そこにはおじいさんと孫娘が立っていた。

おばあさんが自分の横にできた狭い空間に座らせようと孫娘を呼んだが、彼女は前方がすっかり見渡せる運転席横のガラス窓からの風景に心を奪われているらしく、その呼びかけに生返事をしている。

そのうち、列車が動きはじめた。


駅を出てしばらくすると、その孫娘が、嘆声を上げた。

「わあー、草が生えてる」

視線の先を見ると、レールとレールの間にかわいらしい雑草がポツンポツンと生えている。都会の子には、そんなところに草が生えているというのは考えられないことだったのだろう。

やがて、列車は人家のほとんど建っていない林の中を走るようになった。

そこに、踏切がある。

「どうして踏切があるんだろ。誰も通らないのに」

そして、孫娘はおじいさんに訊ねた。

「どうしてこんなところに踏切があるの？」

しかし、おじいさんは耳が遠いらしく、うまく答えられない。

「えっ、踏切がどうしたって？」

私は自分のすぐ横にいるその女の子に説明しようかどうしようか迷った。あの踏切も使われているんだよ。歩いて渡る人もいるし、車で通る人もいるんだよ、と。しかし、そんなことをしたら、むしろびっくりされてしまうかもしれない。

運転士は、途中で、警笛のようなものを鳴らした。

「どうして、鳴らすの？」

女の子がまたおじいさんに訊ねた。

「えっ、何が？」

確かに、どうして鳴らすのだろう。万一、遠くの踏切で立ち往生しているような車がいたら困るからか。いや、もしかしたら鹿のような野生動物が線路内に入ってきていたりすると困るので、それらを追い払うためかもしれない。

私はまた女の子に説明したくなったが、危うく思いとどまった。

女の子は、おじいさんの耳が遠いことに慣れているのか、質問の答えが返ってこなくても、苛立った声を上げたりしない。

しかし、この女の子のお父さんやお母さんはどうしたのだろう……。

しばらく前方に続く緑の景色を見ていた女の子が言った。

「おじいちゃんとおばあちゃんが言っていたとおり、とってもきれいな景色だね」

それはいままでの口調とは異なるとてもやさしいものだった。しかし、おじいさんはまた聞き取れなかった。

「えっ、何？」

ところが、女の子は、その台詞だけは、耳の遠いおじいさんに二度繰り返した。

「おじいちゃんとおばあちゃんが言っていたとおり、とってもきれいな景色だね」

すると、それは聞き取れたのか、おじいさんが嬉しそうにうなずいた。

「そうだろ」

私は女の子のそのやさしい口調によって、ふと、勝手な想像をしてしまった。

もしかしたら、彼女の父母は仕事が忙しくて娘を夏の旅行に連れて行かれないのかもしれない。そこで、祖父母が孫娘を夏の旅行に誘い出した。しかし、父母が行かないというのでむずかったのかもしれない。お父さんとお母さんが一緒じゃないといやだと。それをなだめて、祖父母がようやく旅行に連れ出した。向こうはとてもいい景色だからと。

きっとこの女の子は賢い子なのだろう。むずかりながらも父母の状況と祖父母の気持がよくわかっていた。そして、今日、こうして三人で旅行をしながら、父と母がいないことの寂しさを押し殺して、祖父母の気持を思いやった言葉を送った……。

そんなことを夢想していると、女の子がつぶやくように言った。

「お父さんにも見せてあげたいね」

それを聞いてドキッとした。どうして、お父さんだけなのだろう。なぜ、お父さんとお母さんにも、ではないのだろう……。

もう少し、女の子とおじいさんのやりとりを聞いていたかったが、列車は小淵沢の次の甲斐小泉駅に着いてしまった。

私はそこで降りなくてはならなかった。

駱駝に乗って

去年の秋、私は初めて小海線に乗った。一方の始発駅である小淵沢にはよく行きながら、なぜか小海線に乗ることがなかったのだ。

そのとき、やはり初めて甲斐小泉の駅前に「平山郁夫《いくお》シルクロード美術館」なるものがあるのを知った。私はこんなところに平山さんの名を冠した美術館があるのに驚き、どのような作品が展示されているのかいつか確かめたいと思った。

もうずいぶん前のことになるが、平山さんから電話が掛かってきた。広島でシルクロードに関するシンポジュームを行うのでパネラーとして出席してくれないかというのだ。私はシンポジュームというものが好きではなく断ることにしているのだが、このときはわかりましたと引き受けた。理由は、平山さんに、ひとつ借りがあるような気がしていたからだ。

かつて二十代の私がインドのデリーからイギリスのロンドンまで乗合バスを乗り継いで旅をしようと思ったとき、アフガニスタンからイランにかけての道路状況がわからなかった。果たしてそんなところに乗合バスが走っているだろうか？　困惑していると、ある雑誌で井上靖と平山郁夫による「アレキサンダーの道」という連載が始まった。そこには、まさに私が通ろうと思っていた周辺のことが描かれていた。もちろん、二人の旅は、いろいろなサポートを受けての「大名旅行」だったが、とにかく道があり、車が走ることができるらしい。それなら、乗合バスが走っていないこともあるまい。それに、あんなお年寄りたちが旅をしているのだ、私が臆病風に吹かれるわけにはいかない。そのようにして、たいした情報も持たないまま旅に出たのだ。

広島で初めてお会いした平山さんに、あの連載のおかげで私の旅は完遂できたようなものですと礼を言うと、真面目な顔でこう言われてしまった。

「そうですか。でも、その頃、私たちはそんなに年寄りではありませんでした」

私は「そこか！」と意表を衝かれ、次の瞬間、おかしくなって下を向き、笑いを押し殺すのに苦労した。

正直に言えば、私は平山さんの日本画が苦手だった。とりわけシルクロードを含む西域に取材した絵に微妙な違和感を覚えることが多かった。それは、日本の俳人が外国を旅行したあとで詠む俳句に覚える違和感に似ていたかもしれない。

しかし、その感想も画集を通したもので実際の絵を見てのものではなかった。いつか、どこかで実物を見てみたいと思っていた。

この夏、あらためて小海線の「小さな旅」を始めた私は、まず小淵沢の次の甲斐小泉駅で降り、「平山郁夫シルクロード美術館」に入ってみた。

一階には、平山さんが旅先で手に入れたらしい収集品が展示されている。ガンダーラの仏像や中国の唐三彩の置物など素晴らしいものばかりだったが、それにはさほど驚かされなかった。ところが、階段で二階に上がり、展示室「6」という大きな部屋に入って、小さなショックを受けた。

正面には古代ローマの遺跡であるエフェソスを描いた巨大な絵が掲げられている。右の壁には、炎熱の下、タクラマカンなどの砂漠を駱駝《らくだ》に乗って進む隊商の列を描いた三枚の巨大な絵。左の壁には、月光の下、同じように砂漠を歩む隊商を描いた三枚の巨大な絵。それらが、あたかも、正面のエフェソスに向かうように並べられている。

その部屋には見学者が誰もいなかった。

私は中央にひとり立ち尽くし、しばらく眼を閉じてじっとしていた。すると、いつの間にか、私の体の中に砂漠の砂が満ちてきた。そして、駱駝の背に揺られ、砂漠を歩んで行くような感覚が生まれてきた……。

だが、残念なことに、それは「偽」の感覚だった。私は駱駝の背に揺られて砂漠を歩いたことはなかったからだ。

これまで、私もいくつもの砂漠を通り過ぎてきた。アフガニスタンのガンベリ砂漠、中国のゴビ砂漠やタクラマカン砂漠、そして北アフリカのサハラ砂漠。

とりわけ、サハラ砂漠では、その「ほとり」の小さなロッジに滞在して、自由に砂漠の奥に入ったり出たりして何日も過ごしていた。

そんなある日、ロッジを切り盛りしているベルベル人の若者に、駱駝に乗って二、三日の旅をしないかと誘われた。駱駝の旅をすると砂漠のことがよくわかるようになるよと。

ところが、料金を聞いて断ってしまった。いま考えればたいした金額ではなかったが、旅に出るとケチになるという私の習性が断らせてしまったのだ。

あのとき、ベルベル人の若者の誘いを受け入れていたら、今頃、この展示室で私は駱駝に乗って砂漠を行くという真の感覚を甦らせることができていたことだろう。そう考え、少し残念に思わないでもなかった。

だが、諦めるのはまだ早い。望んでいればきっといつか機会は訪れるはずだ。ふたたび砂漠へ、そして今度こそ駱駝で、と望んでいれば……。

一瞬と一瞬

小海線をめぐるこの夏の「小さな旅」では、甲斐小泉駅の次に野辺山駅で途中下車をした。

野辺山駅の近くにJRの鉄道としての最高標高地点があるということは知っていた。鉄道ファンなら、何をおいてもそこに行きたいと思うのだろうが、私は野辺山にあるという天文台に行くつもりだった。


あれは小淵沢に住む友人宅で行われたクリスマス・パーティーでのことだったと思う。それぞれの子供たちがまだ小さかったから、かなり以前のことになる。

そこに、野辺山の天文台で研究をしているという男性が来ていた。

彼を含めて暖炉を囲みながら話していくうちに、ひとりが、ＵＦＯは存在するのだろうかという素朴な疑問を投げかけた。さまざまな意見が飛び交ったが、私は天文台の研究員の男性がこう言ったのが忘れられない。

この広い宇宙には数千億個の銀河があり、各銀河に私たちの太陽系のような惑星系が無数にある。その中に太陽と地球の関係に似たものがないはずがない。それは宇宙のどこかに生命体が存在する可能性はあるということを意味している。

しかし、とその研究員は言った。宇宙が現れて百四十億年、地球が生まれて四十数億年、そこに現代人に近い人類が登場したのが二十万年前。百四十億年を一日とすると、二十万年は一・二秒ほどにすぎないことになる。一日のうちの一・二秒。つまり、知的生命体としての人間が存在している期間というのは、永い宇宙の歴史の中ではほとんど一瞬にすぎないのだ。その状況は他の天体に生まれた生命体においても同じだろう。

だから、と研究員は付け加えた。

「どこかの天体に生命体がいたとしても、その生命体が存在している時期と我々人間がいる時期が重なっているという可能性は極めて低い。しかも、その生命体が、この広大な宇宙の中から、米粒よりも小さい地球という天体を目指してやってくるという可能性は、ゼロに近い確率なのではないかと思います」

私は、その説明に深く納得してしまった。地球以外にも生命体が存在する天体はあるかもしれない。だが、その生命体と私たち人類が遭遇する可能性はほとんどない。一瞬と一瞬は交わらないだろうからだ……。


野辺山駅を降り、乗車券を受け取っていた駅員に、天文台までの道順を訊いた。

「その前の道を真っすぐ二キロほど歩くと着きます」

歩き出すと、すぐに野菜畑が広がりはじめる。日本の農村はどこもそうなってしまっているが、歩いている人がほとんどいない。天文台へ続くこの道にも、歩いている人の姿はなく、ときどき車が通りすぎるだけだ。

二十五分後に、ようやく目的地に着いた。

まず展示室という施設でこの天文台の概略を学んだあとで、あらためて直径が四十五メートルもあるという電波望遠鏡に近づいていくと、アンテナ部分が真上を向いている。

パンフレットによれば、何かを追跡している望遠鏡は斜めを向いているが、何も追っていないときは真上を向いているのだという。夏のあいだは空気に水分が多く含まれているため観測は休止されるらしい。

いま、巨大な電波望遠鏡は真上を向き、つかの間の休息を取っているのだ。

夕方、野辺山から甲斐大泉駅に戻り、ホテルにチェックインしてから、近くにあるという居酒屋に向かった。

中に入ると、奥の小上がりから、驚きの声が上がった。そちらを見て、私も声を上げてしまった。そこには二人連れの若い女性がいたが、そのうちのひとりが知り合いだったのだ。彼女は小淵沢に住む友人の娘さんで、結婚して東京にいるはずだったので驚きは大きかった。聞けば、久しぶりに幼なじみと会って、近況報告をしているところだという。

そのとき、音楽活動をしている彼女が目を輝かせながら話してくれたところによれば、テリー・ライリーというアメリカの現代音楽家の弟子になり、彼が継承している伝統的なインド音楽の一流派の歌唱法を受け継ごうとしているのだという。もし、自分がうまく継承できなかったら、その流派の音楽は絶えてしまうかもしれないともいう。

話を聞きながら、私はなんだか心が弾んできた。あのクリスマス・パーティーで天文台の研究員の壮大な宇宙の話を聞いていたかもしれない少女が、成長して、今度は地球における時の流れの中に消えそうな音楽を継承しようとしている。この小海線の小さな駅の小さな酒場で、広大な宇宙空間と人間にとっての悠久の地球時間が、私の体の中でクロスしていると感じられてきたのだ。

それにしても。

本来、会うはずのない私たち二人が、偶然こんなところで出会ってしまう。もしかしたら、可能性がゼロに近いという、あの「一瞬と一瞬」の出会いもないこともないのかもしれない。

雪

岩手県の北上市に日本現代詩歌文学館という施設がある。そこでは毎年五月に「詩歌文学館賞」なるものの贈賞式が行われる。去年の五月、その主催者側に立つ知人から出席してみないかと誘われたが、残念ながらアメリカに用事があったため参加できなかった。

先日、盛岡に行くついでに北上で下車し、その詩歌文学館を初めて訪ねてみた。前から詩歌文学館には行ってみたいと思っていた。そこには、かつて名誉館長を務めていた井上靖の「記念室」というものがあり、遺品が展示されていると聞いていたからだ。

私がまだ二十代だった若い頃、銀座の小さな酒場のカウンターで、ある企業経営者と隣り合わせた。そのとき、ちょっとした偶然から言葉を交わすことがあり、それが機縁で親しくなったその方は、以後、亡くなるまでの三十年間、世間知らずの私を連れてさまざまな食事処に案内してくれるようになった。

連れていってもらったところは無数にあるが、正月にはよく柳橋に行き、御年九十いくつというような芸者さんを呼んで新年会を催してくれた。

ある年、その新年会にゲストとして作家の井上靖氏が参加した。私が親しくなった企業経営者は、井上さんの永遠の夢の土地である「西域」への旅に同行したことがあるとのことだった。

当時、井上さんは最晩年といってもいい時期で、その二、三年後には亡くなられることになる。だが、その日、井上さんはとてもよい機嫌で、柳橋だけでなく、久しぶりだという銀座の酒場まで同行され、深夜まで一緒に飲んでくださった。お開きということになり、企業経営者は車を出してお送りしようとしたのだが、井上さんがこれから自分の家で飲みなおそうと言ってきかない。しかし、もう午前零時近い。ご家族に迷惑をかけるからと固辞したのだが、どうしてもと強くおっしゃる。仕方なく、総勢五人でお供することになった。

世田谷のお宅に着いて、出てきた奥様の表情を見て、やはり来るのではなかったと後悔したが遅かった。応接間に通され、酒肴の用意をしてくださったあとで、奥様がこうおっしゃった。

「いま、井上はライフワークを完成させようとしているところなんです」

そのあとは、聞かなくてもわかった。こんな馬鹿なことに付き合わせて大事な時間を奪わないでくださいね、とおっしゃりたかったのだ。このとき、井上さんは、最後の大作となる『孔子』を文芸誌に連載されていた。

一方、当の井上さんはといえば、そのあいだに自分の寝室に向かったらしく、応接間には出ていらっしゃらなかった。どうやら、私たちは、奥様の怒りに対する防波堤として使われたようだった。

詩歌文学館の井上さんの記念室には、詩集だけでなく、「雪」と題された詩の生原稿が鮮やかな照明を受けて展示されていた。

——雪が降って来た。
——鉛筆の字が濃くなった。

こういう二行の少年の詩を読んだことがある。

それをぼんやり眺めていると、あの夜、井上さんの奥様が口にされた「ライフワーク」という言葉が蘇ってきた。

——ライフワークか……。

私の友人が、自分はライフワークどころか、ライスワーク、つまり食べるための仕事をするだけで精一杯だと自嘲するように言っていたことがある。誰の言葉か、「ライスワーク」という造語が鮮やかで、よく覚えている。

翻って、自分について考えてみると、これまでライスワークともライフワークとも無縁できたような気がする。

食べるためにどうしても書かなければならないという仕事もしてこなかったし、死ぬまでにこれだけは書いておきたいという仕事もない。眼の前にある仕事を、ただ手を抜かずに書いてきただけだ。たぶん、私はどんな小さな仕事、どんな短い文章でも手を抜いたことがないはずだ。あるいは、手を抜かないと思い決めた瞬間、ライスワークがライスワークでなくなっていたのかもしれない。

私は井上さんの生原稿を見ながら、心の中で謝った。

――あの夜は遅くまで付き合わせて申し訳ありませんでした。

しかし、そのあとで、でも、楽しかったから、いいですよね、と付け加えるのも忘れなかったが。

不思議なことに、文学館の外に出ると、庭にはこのシーズン初めてだという「雪」が舞いはじめていた。それは、まるで、井上さんが天上から返事でもしてくれたかのような美しい雪だった。

夜のベンチ

盛岡に行く途中、北上駅で下車したのは、ただ日本現代詩歌文学館に行くためだけではなかった。ひとつ確かめたいことがあったのだ。

確かめたかったのは、北上駅の、夜の待合室のベンチが、いまはどうなっているかということだった。

そこで、詩歌文学館から北上駅に戻った私は、駅前のホテルに一泊することにした。北上に初雪が降ったその日は、夜になって雪が激しくなり、あまり自由に街を歩くことができなくなってしまった。そのため、チェーン展開をしている駅前の居酒屋で軽く酒を飲みながら夕食をとると、すぐにホテルに引き揚げることにした。

その帰り道、降りしきる雪の中、自分が雪を踏み締めるキシッ、キシッという音を聞きながら、北上駅の構内に入ってみた。

新幹線ではなく、在来線の待合室は、以前と同じくあまり広くなかったが、内部はすっかり変わっていた。もちろん、駅舎は建て替えられていただろうから、五十数年前と違っているのも当然のことではあったのだが。

さっぱりとした空間に、ベンチというよりは椅子という感じのものがポツンポツンと置かれており、奥に蕎麦やうどんを食べさせる売店がある。中央にレンガを塗り固めたような柱が立っているが、あるいはかつてだったら、そこにストーブが置かれていたかもしれないな、と思ったりもした。


十六歳のときの東北一周旅行では、金を節約するため長距離の夜行列車を宿としていた。

そのため、均一周遊券一枚を握り締めるようにして旅をしていた少年の私は、東北本線と奥羽本線を何度となく往復した。だが、もちろん、それだけでは、十二日間の旅をまっとうすることはできなかった。二晩ほどとてつもなく安い国民宿舎に泊まり、三晩は駅の構内にある待合室のベンチで眠った。

その駅のひとつに北上駅があった。

記憶がいくらか曖昧なのだが、日本海側から北上線に乗って北上に着いたのが夜遅くになってしまったため、駅の待合室で夜を明かし、朝一番の列車で三陸海岸に向かったのだと思う。

五十数年前の北上駅の待合室には、中央に石炭のストーブがあって、外の震えるような寒さから守ってくれていた。

それでも、深夜の待合室にいるのはほんの僅かな人数で、夜行列車が到着するたびに、ひとり、またひとりと減っていく。しまいには、待合室にいるのが、いまで言うホームレス風の男性と私だけになってしまった。

深夜の二時過ぎ、移動の疲れで眠くなってきた私は、ベンチでしばらく横になることにした。私は小さな登山用のザックひとつで旅をしていたが、その底に毛布を一枚入れておいた。私はザックから取り出したその毛布をかぶり、ザックを枕にするとストーブに背中を向けて横になった。

どれくらい経っただろうか。いつの間にか眠っていたらしい。ふっと気がつくと、背後で、足音がする。しかも、こちらに近づいてくるようだ。そのとき、恐怖とともに思い出した。この待合室には、自分と、あのホームレス風の男性しかいなかったということを。

——あの人は、何をするためにこちらに近づいてくるのだろう。何かを盗もうとしているのだろうか。しかし、ザックは自分の頭の下だ。それなら、僕のポケットでも探ろうとしているのだろうか……。

眼を閉じたまま、身を固くして、何が起こるのか待ち構えていると、その足音は私のすぐ近くで止まった。私の胸は、まさに「早鐘を打つ」ようだったのではないかと思う。

そして、しばらくすると、私の体にふわりと何かが掛けられた。

次の瞬間、心の中で、「あっ！」と声を上げそうになった。それは、私の毛布だった。

その男性は、私の体から床に滑り落ちた毛布を拾い、掛け直してくれたのだ。

私は、依然として眠ったふりをしながら、その人を疑ったことを激しく恥じた……。

五十数年ぶりである北上での二日目は、よく晴れた。新幹線で盛岡に向かう前に、十六歳の旅のときは足を延ばすことができなかった北上川のほとりに行ってみると、キラキラ輝く冬の陽光のもと、見渡すかぎりの美しい雪景色が広がっている。それを眺めながら、私はこんなことを思っていた。

私は、あの十六歳のときの東北一周旅行で人からさまざまな親切を受け、それによって、旅における「性善説」の信奉者になった。

――世の中には、きっと悪い人もいるだろう。しかし、それよりもっと多くの善い人がいるはずだ……。

そして、それを決定づけたのが、北上駅のあの深夜の待合室だったのだな、と。

あとがき

数年前、ふと、こんなことを考えた。

これまで自分は、ずいぶん異国への旅を繰り返してきた。しかし、日本国内への旅をほとんどしてこなかった。もちろん、日本国内へもさまざまなところに行ってはいる。だが、それは、何らかの用事を携え、用事を片付けるための旅だった。高校生や大学生の頃のように、ただその土地を歩きたいために行くという旅とは決定的に違っていた。これからはもう少し、日本国内を旅してみようか……。

そんな折り、JR東日本が発行している「トランヴェール」という雑誌から、エッセイを連載してくれないかという依頼を受けた。私はそれを絶好の機会と見なし、引き受けさせてもらうことにした。日本国内への旅を、まず、北への旅から始めることにしようかと。

思い起こせば、私が初めてひとりだけの「大旅行」をしたのが、十六歳のときの東北一周旅行だった。小さな登山用のザックを背に、夜行列車を宿に、十二日間の旅をしたのだ。

このときの経験が、その後の私の旅の仕方の基本的な性格を決定したのではないかと思われる。いや、もしかしたら、それは単に旅の仕方だけでなく、生きていくスタイルにも深く影響するものだったかもしれないと、いまになって思わないでもない。

ここ数年の北への旅は、その十六歳のときの旅を確かめ直す旅になり、同時に、日本を旅するということの新しい驚きと出会う旅にもなった。

旅はまだ続いているが、この『旅のつばくろ』は、すでに書いたものの中から四十一編を選び、一冊とした。

たぶん、雑誌の連載が終了しても、旅は続いていくことになるだろう。北ばかりでなく、西へ、南へ、と。

沢木耕太郎

装画・題字　横山雄（BOOTLEG）
装幀　新潮社装幀室

沢木耕太郎（さわき・こうたろう）

一九四七年東京生れ。横浜国立大学経済学部卒業。ほどなくルポライターとして出発し、鮮烈な感性と斬新な文体で注目を集める。一九七九年『テロルの決算』で大宅壮一ノンフィクション賞、八二年に『一瞬の夏』で新田次郎文学賞。その後も『深夜特急』や『檀』など今も読み継がれる名作を次々に発表し、二〇〇六年『凍』で講談社ノンフィクション賞を、二〇一四年に『キャパの十字架』で司馬遼太郎賞を受賞している。近年は長編小説『波の音が消えるまで』『春に散る』を刊行。その他にも『旅する力』『あなたがいる場所』『流星ひとつ』「沢木耕太郎ノンフィクション」シリーズ（全九巻）などがある。二〇一八年『銀河を渡る　全エッセイ』『作家との遭遇　全作家論』、二〇二〇年「沢木耕太郎セッションズ〈訊いて、聴く〉」を刊行。

旅《たび》のつばくろ

発　行　2020年4月20日
9　刷　2023年1月30日

著　者　沢《さわ》木《き》耕《こう》太《た》郎《ろう》
発行者　佐藤隆信
発行所　株式会社新潮社
住　所　〒162-8711
東京都新宿区矢来町71
電　話　編集部 03-3266-5411
読者係 03-3266-5111
https://www.shinchosha.co.jp
印刷所　錦明印刷株式会社
製本所　加藤製本株式会社

乱丁・落丁本は、ご面倒ですが
小社読者係宛お送り下さい。
送料小社負担にてお取替えいたします。
価格はカバーに表示してあります。

ISBN978-4-10-327521-3 C0095

沢木耕太郎の本

深夜特急1　香港・マカオ
深夜特急2　マレー半島・シンガポール
深夜特急3　インド・ネパール
深夜特急4　シルクロード
深夜特急5　トルコ・ギリシャ・地中海
深夜特急6　南ヨーロッパ・ロンドン

旅する力　深夜特急ノート

バーボン・ストリート
チェーン・スモーキング
ポーカー・フェース

波の音が消えるまで　第1部　風浪編
波の音が消えるまで　第2部　雷鳴編
波の音が消えるまで　第3部　銀河編

銀河を渡る　全エッセイ
作家との遭遇　全作家論